本书属于国家社科基金重大项目
——“梵文研究及人才队伍建设”

上海出版资金项目
Shanghai Publishing Funds

梵语文学译丛

妙语宝库选

सुभाषितरत्नकोष

[印度] 维迪亚迦罗 编

黄宝生 译

中西書局

前　言

印度古代文学发展分为三个时期：吠陀时期（公元前 15 世纪—前 4 世纪）的主要作品是以颂神诗为主的四部吠陀本集，即《梨俱吠陀》《娑摩吠陀》《夜柔吠陀》和《阿达婆吠陀》；史诗时期（公元前 4 世纪—公元 4 世纪）的主要作品是两大史诗《摩诃婆罗多》和《罗摩衍那》；古典梵语文学时期（1 世纪—12 世纪）的文学体裁丰富，有诗歌、戏剧、散文和小说等。

按照梵语诗学术语，古典梵语诗歌分为大诗（mahākāvya）和小诗（khaṇḍakāvya）。大诗指叙事诗，小诗指抒情诗。古典梵语抒情诗的题材大致可分为四类：一、颂扬神祇的赞颂诗，二、描绘自然风光的风景诗，三、描写爱情生活的爱情诗，四、表达人生哲理的格言诗。

依据现存的作品，在这四类诗中，爱情诗（或称艳情诗）居多，如抒情长诗有迦梨陀娑的《云使》和胜天的《牧童歌》，抒情短诗集有《阿摩卢百咏》和《偷情五十咏》，还有牛增的《阿利耶七百咏》也是以爱情诗为主。其他三类中，赞颂诗有摩由罗的《太阳神百咏》和波那的《尊提百咏》。风景诗有迦梨陀娑的《六季杂咏》。格言诗有贾那吉耶的《王道论》、迦曼陀迦的《正道精华》、希尔诃纳的《寂静百咏》。此外，伐致诃利的《三百咏》分为《世道百咏》《艳情百咏》和《离欲百咏》，其中的《世道百咏》和《离欲百咏》也属于格言诗。

这里介绍给读者的《妙语宝库》（Subhāṣitaratnakoṣa）是维迪亚迦罗（Vidyākara，约11—12世纪）编纂的古典梵语抒情诗集。所谓“妙语”（subhāṣita）是指措辞巧妙的短诗。这些短诗的来源主要有三方面：古典梵语抒情诗集、叙事诗和戏剧。古典梵语戏剧又称“可看的诗”（dṛśyakāvya），即表演的诗，因为戏剧表演中的台词主要采用诗体，故而也可以称为诗剧或戏剧诗。

《妙语宝库》共收有1739首诗（据印度学者高善必（D. D. Kosambi）和戈克雷（V. V. Gokhale）的编订本），其中既有著名诗人的作品，也有不太著名和佚名诗人的作品。印度古代的书写材料主要是贝叶（即棕榈树叶），不宜长期保存，因此，除了著名诗人的作品外，大量的诗歌作品流失在历史的长河中，正是依靠这部诗集，才使一些当时受到读者普遍赏识的优秀短诗得以保存。《妙语宝库》编纂于 11—12 世纪，正处在古典梵语文学开始消亡和印度各地方言文学兴起的时期，这样，这部诗集在某种意义上，也可以说是展示了古典梵语抒情诗的总体成就。

《妙语宝库》囊括上述四类题材，共分为 50 组。

第 1—7 组是颂神诗，分别赞颂佛陀、观自在菩萨、文殊师利菩萨、湿婆、毗湿奴和太阳神。这部诗集的编纂者维迪亚迦罗（生平事迹不详）是一位佛教徒，故而将赞颂佛陀和菩萨的诗排在卷首。但是，这部诗集的编纂并未贯彻佛教观点，从总体上看，属于印度古代占主流地位的婆罗门教文化系统。而且，所选赞颂佛陀和菩萨的诗，在数量上也远远不如赞颂婆罗门教大神湿婆和毗湿奴的诗。

第 8—13 组是风景诗，分别描写印度六季（春季、夏季、雨季、秋季、霜季和寒季）的自然景色以及各季中人们的生活和情态。

第 14—25 组是爱情诗，描写情窦初开的少女、春情荡漾的女子，以及男女相思、欢爱、怨恨和离愁等。

第26—31组也是风景诗，描写黄昏、黑暗、月亮、黎明和中午等。

第32—50组题材多样。第32组描写名声，第33组是寓言诗，第34组描写风，第35组描写风物人情，第36组描写伟大，第37和38组描写善人和恶人，第39组描写贫穷，第40组是格言诗，第41组赞颂国王，第42组描写失望，第43组描写老年，第44组描写坟场，第45组描写英雄，第46组也主要是赞颂国王，第47组描写山峦，第48组描写平静，第49组是杂诗，第50组赞美诗人。

由此可见，《妙语宝库》的诗歌题材相当广泛，异彩纷呈。古典梵语的著名诗人大多是受到国王恩宠的宫廷诗人，他们的诗歌主要反映印度古代上层社会生活或宫廷生活，其中爱情题材占较大比重。他们的风景诗也常常与爱情交织。而在《妙语宝库》中，如第35组描写风物人情，收有不少反映乡村生活的诗歌；第39组描写贫穷，对生活在最底层的贫苦民众表达了深切的同情；也有不少风景诗同时展现乡村的生活风貌。这些方面是古典梵语著名诗人的作品难得涉及的。

《妙语宝库》中还收有大量格言诗，如第33组的寓言诗和第40组的格言诗，还有描写善人、恶人、失望和平静等诗组也属于格言诗。它们体现印度古代诗人对社会现象的观察和思考，进而可升华为人生哲理，或发人深省，或启人神智。

总之，《妙语宝库》能让我们了解古典梵语诗歌的全貌。人类的感情是相通的，而在各民族文学作品中的情感表达，则会体现各自的民族特色。相信熟悉中国古代诗歌的读者能从印度古典梵语诗歌反映的社会生活和艺术表现技巧中领略到另一番异域风情和审美乐趣。

这部《妙语宝库选》共选译《妙语宝库》中的416首。原文依据高善必和戈克雷的编订本（*The Subhāṣitaratnakoṣa*，Harvard University Press，1957）。此外，第8—13组描写印度六季的风景诗，我曾选译81首，已经收入此前出版的《六季杂咏》中，故而这里就不再重复收入。

黄宝生

2018年4月23日

CONTENTS | 目录

妙语宝库选

MIAOYUBAOKUXUAN

佛陀

众多诗王的优美词句，
受到诗人们击节赞赏，
也装饰智者们的喉咙，
我用它们向佛陀致敬。

(1)[①]

愿佛陀保佑你们！凶暴的摩罗高举
闪亮弯刀，以流血的伤口折磨敌人，
天空中也涌现爱神率领的庞大军队，
而摩罗和魔女的胸脯都动摇不了他。[②]

(2，马鸣)

---

① 括号中的数字是梵语《妙语宝库》编订者标注的序号。若原作标有作者名，则也在括号中标出。

② 这首诗中的摩罗是企图破坏佛陀修行的恶魔。诗中含有描写魔女的双关语，如“魔女胸脯的光芒照耀手臂”，“衣服展开，呈现丰满的身体”。

爱欲和愤怒两者有违自制，
而湿婆何必发怒焚毁爱神？
太阳族至上牟尼教导你们，
应该内心安忍，平息爱欲。[①]

（4，僧伽希利）

摩罗气势汹汹，企图吞噬佛陀，
而在佛陀奇妙顶冠中看见自己，
顿时丧魂落魄，手中武器失效，
但愿战胜摩罗的佛陀保佑你们！[②]

（11，波舍婆尔摩那）

天王因陀罗一千只眼睛的目光落在
他的莲花脚上，仿佛供奉蓝莲花环[③]，
众天神敬拜他，宝石顶冠光芒仿佛
为他披上新圣袍，愿佛陀保佑你们！

（15，婆苏迦尔波）

---

① 按印度神话，大神湿婆在雪山顶上修炼苦行，爱神前来破坏，试图激发他的爱欲。湿婆发现了爱神，额头上的第三只眼睛喷出愤怒的火焰，将爱神化为灰烬。太阳族至上牟尼指佛陀。

② 佛陀在菩提树下修行得道。其间，魔王摩罗前来破坏，佛陀镇定自若，降伏摩罗。

③ 天王因陀罗身上有一千只眼睛，所有目光集中在佛陀莲花脚上，仿佛一千朵莲花，结缀成蓝莲花环。

菩　萨

这不是莲花，是他莲花手的光芒，月光般
清澈，这不是月亮，是他的清净的莲花脸，
浓郁的芳香唤醒瞌睡的蜜蜂，带给饮光鸟
奇异的喜悦，愿这位观自在菩萨[1]保佑你们！

（17，菩达罗笈多）

敬祝救护世界的观自在菩萨胜利！
他赐恩的莲花手流淌甘露，解除
饿鬼焦渴，吉祥的脸庞凝聚月光，
目光饱含天生的慈悲而无比温柔。

（18，宝称）

---

① 观自在菩萨又称观世音菩萨。

观自在菩萨的形体仿佛由月光构成，
他的发髻中仿佛有乌云覆盖的朝阳，
而无量光佛看出是鲜红的无忧花簇，
愿他解除你们疲劳，赐予清凉甘露。

（24，菩达伽罗）

愿这位维系佛种族的法王子保佑你们！
他在天女们眼中呈现多种情态：手持
刀剑，她们发出欢呼；手持经卷，她们
低头沉思；幻作童子，她们欢喜踊跃。[①]

（27，布鲁索多摩）

---

① 这首诗中的法王子指称文殊师利菩萨。

湿 婆

愿湿婆大神的顶髻保护你！顶髻的光泽
与额头上第三只眼中的火光结合而明亮，
缠绕顶髻的蛇犹如花环，恒河之水灌入
装饰顶髻的骷髅，月牙如同盖多吉花瓣。[①]

（44，薄婆菩提）

向湿婆致敬！他是建造
三界之城的第一根木桩，
他可爱，月牙宛如拂尘，
亲吻他的高高昂起的头。[②]

（48，波那）

---

① 额头上有第三只眼睛，以月牙为顶饰，以骷髅为装饰品，身上缠有蛇，天国恒河经由他的头顶流向人间，这些都是湿婆大神的标志。

② 这首诗赞颂湿婆大神是世界奠基者。

愿湿婆的火焰烧尽你们的罪恶！
　　这火焰犹如惹人生气的情人——
魔城[1]妇女的莲花眼中含着泪水，
　　甩开它，它依然拉住她们的双手，
拍打它，它依然拽住她们的衣角，
　　推开它，它依然抱住她们的身躯，
不让它抓头发，它又匍匐在脚下，
　　由于情绪激动，她们还没有察觉。

（49，波那）

湿婆盘腿而坐，膝盖上缠绕着蛇，
沉思入定，屏住呼吸，止息感官，
真实眼光观看自我中沉寂的自我，
沉浸在刹那刹那空无所有的梵中。

（57）

“阿妈！”“好儿子！”“阿爸
　　合拢的手掌里藏着什么？”
“甜果子。”“他不给我吗？”

---

① 魔城是遭到湿婆焚烧的阿修罗城市。

“孩子，你自己去取吧！”
古诃[①]掰开父亲黄昏礼拜而
合十的手掌，打断他的禅定。
湿婆没有生气，而露出微笑。
但愿湿婆的微笑保佑你们！

(59)

“美眉女郎，手臂应该这样，放在这个位置，
不要抬得过高，弯曲你的前腿，像我这样！”
湿婆指导波哩婆提[②]跳舞，话音如同鼓声，
愿他提示舞蹈节奏而击拍的手掌保护你们！

(60)

但愿湿婆永远保护宇宙！
装饰他头顶的新月始终
不变成圆月，因为面对
乌玛[③]的脸庞，深感羞愧。

(64，法护)

---

① 古诃是湿婆的儿子。
② 波哩婆提是湿婆的妻子。
③ 乌玛是波哩婆提的另一个名字。

"女神生了儿子,诸位为何还站着？跳舞吧！"
跋林吉利提振臂欢呼,遮蒙妲在一旁应和,
他俩拥抱,胸前的骷髅项链互相碰出声响,
盖过众神密集的鼓声,愿这声响保护你们！①

（71,瑜伽主）

① 这首诗中的女神是湿婆的妻子,跋林吉利提是湿婆的侍从,遮蒙妲是七位母亲女神之一。

毗湿奴

黄昏时分，吹出悠扬的
　　笛声，赶回放牧的牛群，
他的羽毛顶饰覆盖牛蹄
　　扬起的尘土，脖颈上的
野花花环已经凋谢枯萎，
　　可爱的身体也显得疲倦，
但愿吸引牧女们眼睛的
　　牧童黑天永远保佑你们！①

（110）

---

① 毗湿奴大神多次化身下凡。这首诗描写他化身黑天，在婆罗多族大战中，协助般度族战胜俱卢族。而他在小时候由牧人收养，成为牧童。

“你怎么会长得这么矮小？”
　　“正是我自己。”“什么自己？”
“不是别人。”“你想要什么？”
　　“三步之地。”“为什么你向我
乞求这么一点儿土地？”“因为
　　我是婆罗门，获得三步之地就像
获得三界那样令我满意。”诃利的
　　话语明白又含蓄，祝愿诃利胜利！①

（114）

“衷心祝愿她永远这样美丽！
　　曼陀罗山转动时不碰撞她，
乳海翻滚的波涛不阻挡她，
　　蛇王喷出的毒液不接触她。”
诃利大神看到吉祥女神
　　从乳海中渐渐显露身形时，
内心的喜悦溢于言表，但愿

---

① 阿修罗伯利夺得三界统治权。毗湿奴化身为侏儒，向伯利乞求三步之地。伯利答应后，毗湿奴迈出两步，就跨越天国和人间，第三步将伯利踩入地下世界。诃利是毗湿奴的称号。

诃利的这些话语保佑你们![①]

(115,语主)

曼陀罗山在他的背上转动,
乳海在他的耳边翻滚咆哮,
蛇王喷出的毒液火焰燃烧,
尊神海龟却缩起脖子入睡。[②]

(118)

“啊,天国,天空,月亮,太阳,大地,
地下世界,高山,大海,还有四面八方!”
梵天从诃利的肚脐长出的莲花中诞生,
惊奇地摇着头,看到自己创造的三界。[③]

(137)

---

① 众天神和阿修罗一起搅动乳海,以曼陀罗山为搅棒,以蛇王为牵动搅棒的绳索,从乳海搅出许多宝物,吉祥女神是其中之一。她成为毗湿奴大神的妻子。

② 众天神和阿修罗搅动乳海时,毗湿奴化身海龟,作为支撑搅棒(曼陀罗山)的底座。

③ 梵天是创造大神,诞生于毗湿奴大神肚脐长出的莲花。

"夫君啊,看你做的好事!

　　我心中只有你,忠于你,

而你居然无情地抛弃我,

　　现在你另有一千个情人。"

看见蛇冠顶珠中自己的

　　映像,吉祥女神这样说,

惊醒了睡眠中的毗湿奴,

　　愿她羞愧的微笑保佑你们!①

（138,跋娑）

"牧女们,你们带着牛奶罐回家吧!

罗陀还要挤一些牛奶,然后才回家。"

黑天以此借口,让牛圈空旷无人,

但愿牧童黑天保佑你们吉祥平安!②

（139,索诺迦）

祝毗湿奴大神胜利! 他是宇宙

创造、维持和毁灭的唯一原因,

---

① 毗湿奴以神蛇湿舍为自己的卧床,而神蛇湿舍有一千个顶冠,故而有一千颗顶珠。

② 罗陀是牧童黑天最钟爱的牧女。

他曾经化身为野猪，獠牙像似
从他腹中三界种子萌发的芽尖。[①]
（145，索诺迦）

① 阿修罗希罗尼亚刹曾将大地拖进海底，毗湿奴大神便化身野猪，潜入海底，用獠牙托出大地，并杀死阿修罗希罗尼亚刹。

爱 神

湿婆以具有自制能力享誉三界，
如今害怕分离，与妻子合为一体，
爱神伸手拍拍妻子罗蒂的手掌，
笑着说道："确实，他胜过我们。"①
（323，尼罗波吒诃）

爱神虽然无形②，却用花弓发射
不接触人的花箭，同时折磨三界，
他的技艺多姿多彩，奇妙无比，

---

① 按印度神话，湿婆担心世界上的生物不再繁衍，便将妻子的身体与自己合为一体。这首诗是描写爱神嘲笑湿婆，因为从前爱神干扰湿婆修苦行，湿婆曾用额头上的第三只眼睛喷出火焰，将他焚为灰烬。

② 爱神的身体已被湿婆额头第三只眼中喷出的火焰化为灰烬，故而无形。

指令受到众生尊重，祝爱神胜利！
（325，摩诺维诺陀）

他出生于思想，蜜蜂
亲吻他的爱欲莲花脸，
他居住在多情妇女的
眼波中，祝爱神胜利！
（329，达摩陀罗笈多）

啊，伟大的爱神，
弓箭术多么高超！
不伤害人的身体，
却刺透人的内心。
（330）

我们向爱神的祭神仪式致敬！
不需要邀请祭司，偶像是爱人，
敬拜方式是凝视、拥抱和亲吻，
祭品就是自己，胜过其他仪式。
（333，婆罗纳）

少　女

她们开始学习梳理披散的头发，
牙齿洁净，衣着整齐，眉毛舞动，
目光开始斜视，说话变得含糊，
告别童年，女性魅力逐步展现。

（335，王顶）

她的话中含有爱意，却又否认掩盖，
乞求亲吻她的脸，既愿意，又退缩，
这鹿眼少女处在童年向青年过渡期，
两者混合的天真纯朴别有一种甜蜜。

（344，拉克希密达罗）

在这座芒果树林中，杜鹃的婉转

鸣叫声曾经无数次传入我的耳中，
女友啊，为何我今天听到，突然
身体颤抖，眼皮跳动，心中焦虑？
（350，波吉耶提婆）

腰部接受臀部放弃的瘦削单薄，
眼睛接受脚步放弃的灵活转动，
胸部和乳房结伴，面部无与伦比，
青春带来肢体优美姿态的交换。
（355）

面露天真微笑，眼波甜蜜地颤动，
话语新鲜有味，似溪水欢快流淌，
移动的步子散发嫩芽绽开的清香，
青春期的鹿眼少女怎么会不迷人？
（367）

既胆怯，又好奇，
既羞涩，又渴望，
少女有了心上人，
不再天真和单纯。
（368）

坐在年长胆大的妇女们身边，听她们
谈论爱情故事，传授种种爱情的诀窍，
然而，遇见心爱的人，内心怀着渴望，
却不敢走近，这恰恰是少女迷人之处。

（369）

她低头看见自己的肚脐深陷，
斜睨的目光瞥见臀部变丰满，
她还偷偷地用布带勒紧腰肢，
但她仍然是羞涩的忠实朋友。

（373）

女友啊，前年和去年，
春风吹拂，杜鹃鸣叫，
我的心情没有起变化，
为何今年全然不一样？

（381，乌特波拉罗阇）

青春女子

这些美眉女郎踩着轻快的
脚步走来走去，话音柔软，
目光斜睨，这些就是爱神
使用的武器，而无需幻术。

(386)

这些女郎笑容似月光，吉祥志似
月中斑点，而脸庞魅力胜过月亮，
月亮哪里有她们嘴唇的鲜艳色泽，
哪里有她们撩拨人心的斜睨目光？

(389，亚谷迦)

这是奇迹，还是我头脑混乱？

这里没有天空，却出现月亮，
而且令我更加惊奇不已的是，
这个月亮中还有两朵蓝莲花。[①]

（390，喜护王）

我要赞美眼睛优美的女郎，
她们的威力胜过三眼湿婆，
湿婆的第三只眼焚毁爱神，
而她们的眼光让爱神复活。

（395）

众天神竭尽全力，从乳海中搅出的
无论什么，在美女面庞中都能找到：
呼吸中有天国花香，脸颊上有月亮，
嘴唇上有甘露，斜睨目光中有毒药。

（401，拉克希密达罗）

这不是蓝莲花，是眼睛；不是红莲花，
是面庞；不是般杜迦花，是鲜艳嘴唇，

① 这首诗以月亮比喻女子的脸庞，蓝莲花比喻女子的眼睛。

我起初也分辨不清，为何你也是这样？
蜜蜂啊，停止吧，不要再白费力气了！

（409）

大眼女郎，你此刻面露笑容，
美丽的光艳照遍四面八方，
可是这大海不起波澜，故而，
我认为它显然只是一堆水。[①]

（421，欢增）

你一再登上这位美女丰满的胸脯，
一再接触她优美的大腿，笛子啊！
也感受她紧握你的快乐，你前世
修炼什么苦行，获得这样的果报？

（422，语主）

她是我家中的吉祥女神，我眼中的甘露，
与我的身体接触，犹如给我抹上檀香液，

① 这首诗中，月亮隐喻女郎的面庞。jalarāśi（一堆水）也意为“毫无知觉”，是双关语。月亮升起应该引起潮汐，而这时大海并不起波澜，诗人便嘲讽它“毫无知觉”，只是一堆水。

围绕我脖子的双臂犹如清凉的珍珠项链，
没有哪样不可爱，我怎能忍受与她分离？
（427，薄婆菩提）

鹿眼女的莲花脸，微笑似月光，嘴唇颤动
似莲叶，若能啜饮这莲花脸，甘露算什么？
然而正是为了甘露，以天王因陀罗为首的
众天神，千辛万苦搅乳海，显得多么愚蠢！
（432）

这小鹦鹉在哪座山，用了
多久时间，修炼哪种苦行，
女郎啊，因而它能够吃到
鲜红似你的嘴唇的频婆果？①
（439）

她显然是守护美的宝库的女神，
或者是一切美的精华的汇聚处，
朋友，肯定是爱神亲自用甘露、

---

① 这首诗称羡小鹦鹉有福气，暗示主人公也希望自己有福气，能亲吻这位女郎的红嘴唇。

月亮、月光和莲花茎秆创造她。

（446，薄婆菩提）

是皎洁的月亮作为生主，还是充满艳情的
爱神亲自创造了她，或是繁花似锦的春季？
这个年老的牟尼诵习吠陀而愚呆，对爱欲
毫无兴趣，怎么会创造出如此迷人的美女？

（456，迦梨陀娑）

见到她的脸庞、皮肤光泽、眼睛和微笑，
也就不再谈论月亮、金子、莲花和甘露，
甚至她的眉毛也胜过爱神的弓，这应该
归功创造主创造世界时，绝不因循守旧。

（457，王顶）

激　情

我观看她，她目光垂下，
　　我对她说话，她不应答，
我带她到床边，她转身，
　　我拥抱她，她身体颤抖，
女友们告别离开洞房，
　　她也移步想跟随她们，
啊，我的新娘忸怩不安，
　　给我带来更大的喜悦。

（469）

我的目光越过她的双腿，
　　久久徘徊在她的圆臀，
然后，到达她的腰部，

跋涉起伏的三道皱褶，
休息片刻，忍着焦渴，
缓慢地爬上乳房高坡，
最后，终于如愿看到
她的涌满泪水的双眼。
（476，戒日王）

波你尼说心属于中性，
而我的心到达她那里，
心中立刻就萌生爱情，
啊，波你尼欺骗我们。①
（478，法称）

这位女郎睫毛修长，斜睨的目光
懒散地缓缓移动，充满柔情蜜意，
忽而惊喜，展露微笑，我的心没有
设防，被这目光夺走、撕裂和吞没。
（482，薄婆菩提）

---

① 波你尼（pāṇini）是梵语语法学家。梵语词汇的词性分为阳性、阴性和中性。manas（心）这个词属于中性。

这位女郎睫毛修长，缓缓行走时，
脖子不时扭动，脸庞犹如茎秆上
摇晃的莲花，而眼角斜睨的目光
似涂抹甘露和毒药，扎进我的心。
（483，薄婆菩提）

这种感情无法分辨，无法表述，
犹如今生不能感受来世的事物，
我坠入分辨不清的愚暗深渊中，
内心变得麻痹，却又感到灼热。
（485，薄婆菩提）

这鹿眼女郎走过我的身边时，眉毛舞动，
一再投来眼波流转的目光，我不知怎么，
身体会颤抖，仿佛受到爱神猛烈的攻击，
其威力似闷烧的糠火，以至我汗流浃背。
（486）

爱神肯定是这位美眉女郎的侍从，
因为他的行动服从她的目光指挥。
（489）

身体向前行，心儿往后缩，
如同迎风的旗帜向后飘拂。

（491，迦梨陀娑）

你的红珊瑚嘴唇犹如沙漠之路，
女郎啊，有谁不心中充满焦渴？

（492，檀丁）

她在院子里轻松散步时，回避我的目光，
正眼观看其他有福之人，而斜眼睨视我，
她与别人交谈，见我走近，便沉默不语，
我在这位可爱女子心中已经非同寻常人。

（494）

蹩脚的诗人智慧浅薄，才思枯竭，
他们只会将女性的脸庞比作月亮，
月亮哪里有挑动的眉毛和多情的
目光，哪里有嗔怒、宽恕和微笑？

（498）

见我在场，她转动目光，

微笑着遑顾左右而言他，
富有教养，心中的爱情，
她既不掩盖，也不展露。

（505）

你的眼睛懒散地转动，含情脉脉而湿润，
一次又一次，直视片刻，又羞涩地闭上，
已经透露出你心中藏着的爱情，姑娘啊，
请说说，今天你遇见的那个幸运儿是谁？

（508，戒日王）

这位妙腰女侧过身去，举起双臂，
摆弄手指，整理发髻，露出半边
胸脯、脸颊和眼角，眼角投射的
斜睨目光，仿佛递给我蓝莲花环。

（509）

这女郎突然停下，仿佛草尖刺伤
她的脚掌，然后又往前走了几步，
却又转过身来，仿佛树枝勾住了

她的树皮衣，实际上并没有勾住。

(513，迦梨陀娑)

这个旅人看到这位守护水井的俊俏女子，
他合起手掌，并非是为了向她乞讨水喝，
惊叹她的美而摇头，并非因为喝水解渴，
浑身汗毛竖起，并非因为感到井水清凉。

(514，波那)

你一再接触她移动的目光，颤抖的眼睛，
在她的耳边飞来飞去，仿佛悄悄诉说柔情，
不顾她挥舞手臂，狂饮那欢乐的源泉嘴唇，
蜜蜂，我们未能探明秘密，你却获得成功。

(515，迦梨陀娑)

她眼中的目光充满柔情，却投向别处，
她臀部沉重，行走缓慢，仿佛故意调情，
女友们劝她“别走”，她却显出生气模样，
啊，这一切确实表明她已对我心生爱意。

(516，迦梨陀娑)

美女，转动你的眼睛，让蓝莲花褪色，
展现你的艳丽嘴唇，让红珊瑚变白，
稍微显露你的身体，让金子变黯淡，
抬起你的脸庞，让空中有两个月亮。
（518，王顶）

这个美眉少女在玩着拍球游戏，
随着脚步移动，珍珠项链晃动，
脚镯和腰带同时发出叮当响声，
她的美妙姿态深深迷住我的心。
（526，王顶）

甘露和蜂蜜的甜美毋庸置疑，
成熟的芒果滋味也同样甜美，
但请公正的美食家评判：世上
有什么比我爱人的嘴唇更甜美？
（529）

“上午回来，还是中午或下午回来，
或者，你是要出去一整天才回来？”
新媳妇含着眼泪，话音哽咽询问，

打消了夫君准备出游百日的念头。

（532，恰罗恰罗）

即使是一个日常使用的单词，
我听后，也会心生特殊含义，
譬如一说到妇女，在我心中
就会浮现长有一双媚眼的她。

（534）

女使传话

月亮令她烦恼，她不敢揽镜自照，
杜鹃鸣声令她恐惧，她一声不吭，
多么奇怪，尽管她对折磨她的爱神
怀有敌意，对你的爱意却与日俱增。

（536，希林伽罗）

月亮如同檀香液涂抹四方天空，
这位鹿眼女郎的泪水停在眼眶，
脸颊停在手中，生命停在喉咙，
羞涩停在背后，而不停赞美你。

（537）

为了排遣心中灼热相思，她握着

颤抖的画笔，在画板上画你的像，
泪眼模糊，俯首向画像献上芒果，
而向女友们借口说画中人是爱神。

（549，丁波迦）

一旦你进入她的思念，她就会汗毛竖起，
然后，发觉双臂空空，拥抱的只是自己，
她陷入与你分离的痛苦中，时常会昏厥，
而只要在她耳边念诵你名字，就会苏醒。

（555）

狠心人啊，你看，她盼望你，
不断扳指计算着相会的日期，
她的身体已像手指那样瘦削，
而你的心却像指骨那样坚硬！

（558，陀罗尼达罗）

欢　爱

爱人微笑着来到床边，
　　我的衣结仿佛自动散开，
腰带松脱，衣服滑落，
　　勉强悬挂在臀部边沿，
女友啊，我只记得这些，
　　一旦我与他的身体接触，
他是谁，我是谁，怎样
　　欢爱，我全都记不得了。
　　　（572，维迦吒尼丹波）

与情人欢爱时吐露的种种甜言蜜语，
你都能够复述出来，你真是幸运的；
一旦情人的手伸到我的腰带衣结上，

我发誓，女友啊，我什么都记不清了。

（574，维蒂亚）

激情迸发，肢体颤抖，伸臂热烈拥抱，
紧贴情人的脸庞，啜饮他甘露般的嘴唇，
尽管嘴中反复咕哝着“不要”，表示拒绝，
但她暗中抛弃羞涩，完成全部欢爱程式。

（593）

我俩情投意合，脸颊贴紧，随意
窃窃私语，温柔的感觉妙不可言，
一次又一次伸臂，互相紧密拥抱，
夜晚的时辰不知不觉中已经消逝。

（598，薄婆菩提）

这个滑头看到两个可爱的女子坐在一起，
悄悄从后面走近，捂住一个女子的双眼，
佯装与她游戏，同时扭过脖子，汗毛直竖，
亲吻另一个心儿扑腾、脸儿微笑的女子。

（603）

她与爱人玩赌博游戏，先输给他一次拥抱，
后又输给他一次亲吻，爱人请她再下赌注，
她沉默不语，然而脸颊流露出暗藏的激情，
冒汗的手掌捏着骰子，又准备下注赌一次。

（605，王顶）

床单这儿沾有蒟酱，这儿沾有沉香，
这儿沾有香粉，这儿沾有胭脂脚印，
又皱又乱，还有从发辫散落的花瓣，
表明这个女子施展了一切欢爱方式。

（614）

早晨，这只灵巧的鹦鹉居然在长辈面前，
模仿他们夫妻俩夜晚欢爱时发出的声音，
这鹿眼女郎羞愧难当，假装教孩子跳舞，
拍击手掌，手镯摇晃，淹没鹦鹉的学舌。

（616）

鹦鹉夜里偷听了洞房话，
天明竟然在长辈前学舌，
羞愧的新娘忙堵鹦鹉嘴，

红宝石耳坠充作石榴籽。

(621)

你用衣服盖住新鲜的指甲印痕，
你用手掌遮住牙齿咬破的嘴唇，
但你怎么可能挡住散发的香气，
它表明你已与另一个女人调情。

(627,摩伽)

生气的女子

目光转开，话语含糊，
身体颤抖，挣脱拥抱，
答非所问，一再摇头，
妻子生气，又成新娘。

（637，商菩迦）

远远起身相迎，以免与他同坐，
借口去取蒟酱，以免与他拥抱，
吩咐仆从侍奉，以免与他交谈，
这聪明的女子用礼仪报复爱人。

（639，戒日王）

遇见他时，我低下头，目光转移别处，

即使好奇，很想听他说话，也捂住耳朵，
又用双手掩盖汗毛竖起而冒汗的脸颊，
一旦衣服解开，女友啊，我还能做什么？
（640）

嗨，对待犯错误的爱人，
她的这双眼睛多么善变！
远离她，焦急；走近她，
又转开；谈话时，睁大；
拥抱她时，变红；拉扯
她的衣服时，眉头紧皱；
拜倒在她的脚下，作揖
求情时，顿时涌满泪水。
（641，罗迪波罗）

以前你是月亮，全身充满柔情蜜意，
我是月亮宝石，沉浸在湿润温情中；
现在你成为太阳，放射灼热的光芒，
我也成为太阳石，迸发愤怒的火星。
（647，阿遮罗辛诃）

以前生气，皱起眉结，
　　出现争吵，沉默不语，
相视一笑，表示谅解，
　　垂下眼帘，表示宽恕，
而现在，我俩的爱情
　　已经破灭，不可挽回，
即使你在我脚下打滚，
　　也不能让我解恨息怒。
　　（648，波罗迪优摩那）

骗子啊！即使拥抱我时，你听到别的
女人腰带铃铛声，也会突然松开双臂，
我能向谁诉说？我的女友已经被你的
甜言蜜语毒药迷住，根本不可能理会。
（649，辛谷迦）

“美娇娘！”“夫君！”“你别
　　生气。”“我生气又怎么啦？”
“我心疼。”“你没有得罪我，
　　错全在我。”“你为何哭泣，
话音哽咽？”“我在谁面前

哭泣？”“难道不在我面前？”
“我是你什么人？”“爱人。”
“而我不是，因此我哭泣。”
（653，鸠摩罗跋吒）

你不考虑爱情会起变化，也不听取
朋友们意见，为何突然对爱人发怒？
伸手去取这燃烧着分离烈焰的火炭？
够了，你不要再在这树林里哭喊了！
（659，维迦吒尼丹波）

你的手掌已经擦去脸颊上的彩绘线条，
你的灼热叹息已经熏干嘴唇上的甘露，
你的泪水一再堵塞喉咙而胸脯起伏，
狠心人啊，愤怒成了你爱人，不是我。
（664）

“随我的心破碎，随爱神让我身体消瘦，
我再也不与这个三心二意的男子交往！”
这鹿眼女郎妒火中烧，说出决绝的话，
然而又惴惴不安，远望情人归来的路。
（666）

这对夫妻躺在床上，背对背，不说话，
即使心里已经和解，仍然维持着骄傲，
而互相斜眼悄悄窥视的目光突然相遇，
傲慢防线顿时破碎，嬉笑着紧紧拥抱。

（667）

美女，你对我发怒，我有什么
办法？让愤怒成为你的爱人吧！
但是，我过去一次次给予你的
热烈拥抱和亲吻，都要还给我！

（671，舍多难陀）

自尊依然折磨着我，我不能去他那里，
我的聪明的女友也没有强行带我前往，
而他也有自尊，怕受我嘲讽，不愿前来，
时光流逝，生命脆弱，我终日惶惑不安。

（675）

“妙腰女啊，你就开口说话吧！你看我
拜倒在你的脚下，你以前从不这样发怒。”
丈夫这样说着，而她闭着眼睛转过脸去，

宁可任凭泪水流下，也不开口说一句话。

(678)

投射你的目光吧，让蓝莲花黯然失色，
展露你的微笑吧，让白莲花悄然闭合，
张嘴开口说话吧，让孔雀羞愧而沉默，
骄傲的女子啊，骄傲者岂能轻易服输？

(684)

你不肯听取女友们反复劝慰，我拜倒
在你的脚下，你却连脚尖也不愿触碰，
硬心肠女子啊，你发出这种沉默毒誓，
并不能维持骄傲，只能失去我这仆从。

(687)

记得在我家中，灯焰随着你的
　　长吁短叹晃动，因为我生气，
你的眼睛整夜未合而疲惫沉重，
　　但最终出于信任而互相谅解，
又能恢复亲密的交谈，然而，
　　这些都已经成为往事，现在，

放开我的双脚！我依然是我，
　　而你已变心，成为陌路人。

（691）

这位丈夫拜倒在妻子的脚下，赌咒发誓，
遭到妻子拒绝，而他走出卧室还没两三步，
妻子就追了上来，手中拨动着腰带扣结，
弯下身，抱住他。啊哈，千姿百态的爱情！

（696）

爱情的纽带断裂，心中的敬重消失，
美好的感情止息，他已成为陌路人，
亲爱的女友啊，回想过去这些日子，
不知为什么，我的心没有碎成百瓣？

（697）

女子的离愁

爱神啊，你首先败于
　　佩戴月牙顶饰的湿婆，
然后是睿智的佛陀，
　　现在是我出游的爱人，
你躲避他们，而折磨
　　我这柔弱孤苦的女人，
呸，你的勇气和名声！
　　呸，你的花箭和花弓！
　　　（701，罗吉耶波罗）

你听不进女友们的劝慰，
　　也听不进亲友们的忠告，
即使爱人拜倒在你脚下，

你也用莲花耳饰击打他，
现在你感觉月亮在燃烧，
身上的檀香膏迸发火花，
花环也压得你喘不过气，
煎熬中度过一夜似千年。

（702）

心中激情一刻不停折磨我，
犹如无烟的火焰持续燃烧，
难忍的灼热伤害全身肢体，
我的父母和你们都救不了。

（710）

不要说起我的身体状况，也不要提及失约，
天真的女使啊，尤其不要针对此事责备他，
而应该向他请安问好，只需要这样对他说：
“是否春风尚未吹到这里，芒果树尚未开花？”

（725，伐古吒）

忧愁的妻子远望旅人归家之路，
空荡无人，白日消逝，夜色笼罩，

她失望地转入家门，刚走一步，
忽又回首，想他或许此刻来到。

（728，悉陀迦）

悬挂在睫毛上的这些泪滴媲美珍珠，
坠落胸口宛如项链，胜过湿婆微笑①，
你托住脸颊的手腕柔嫩似莲花茎秆，
大眼女郎啊，谁是你思恋的幸运儿？

（733）

妙腰女，为何这些被眼膏洗黑的
泪珠随着你的叹息散落在胸脯上？
为何从紧缩的喉咙中发出呜咽声，
悦耳动听，似杜鹃低沉的鸣叫声。

（737）

月亮请别放射炽热光芒②，生命请停留片刻，
睡眠请赶快合上我双眼，夜晚请加时延长，

---

① 这句意谓洁白的珍珠项链胜过湿婆白色的微笑。

② 对于与心上人分离的女子，月亮的光芒不再清凉，而变得灼热。参阅前面第702首。

倘若能让我在梦中与心上人相会，愉快地
躺在他的怀中，我就任凭你们怎样折磨我。

（739）

女友们询问她为何像凋谢的茉莉花？
她明明受分离折磨，而羞于说出口，
强忍住眼中涌满的泪水，转过脸去，
望着院子里刚刚绽开花蕾的芒果树。

（741，伐古吒）

男子的离愁

一次次泪水涌满，阻挡我的视线，
一想起她，我的身体就麻木僵硬，
我一再拿起画笔，可是手掌冒汗，
手指不停颤抖，怎能画出她的像？

（753）

风儿啊，请你携带素馨花蕾
绽开而散发的浓郁花蜜芳香，
拥抱眼睛颤动、身体微弯的
那位女郎，然后吹拂我身体。

（754）

痛苦猛撕我的心，却没有撕成两半，

身体虚弱而昏沉，却没有失去知觉，
体内火焰在燃烧，却没有化为灰烬，
命运打击致命处，却没有夺走生命。
（755，薄婆菩提）

芒果树上蜜蜂簇拥，仿佛冒着黑烟，
无忧树花朵绽放，仿佛燃烧着火焰，
金苏迦树的花蕾乌黑似火炭，天啊，
爱神到处逞威，我的眼睛无处休憩。
（759，伐古吒）

月亮啊，她柔嫩似芭蕉，请你
不要用火炬般灼热光芒照射她，
爱神啊，请你不要用雷电般的
箭袭击她的心，像袭击我那样。
（761，王顶）

即使知道远隔重重山丘、河流和树林，
无论怎么努力，爱人也不会进入视线，
这旅人依然踮脚伸脖，眼中涌满泪水，
朝着那个方向，若有所思，久久眺望。
（765，戒日王）

花蕾绽开使你变红，情人的美质令我激动，
蜜蜂飞向你，爱神放箭射向我，美女用脚
踢踏让你高兴，我也是这样，无忧树啊！
我与你完全相同，只是造物主让我忧愁。[①]

（770）

你的五支箭[②]连同箭羽，全部射进我的心，
它们与我的身体一起忍受离愁之火烧灼，
爱神你已经没有武器，不能再征服别人，
我能独自担负痛苦，让世人都快乐幸福！

（771，王顶）

你有花箭，月亮有清凉月光，
在我看来，你俩都名不副实，
因为月亮放射的光芒似火焰，
你发射的花箭坚硬似金刚石。[③]

（774，迦梨陀娑）

---

① 按印度传说，妇女用脚踢踏无忧树，促使它开花。这首诗中使用双关语，rakta 同时意为变红和激动，śilīmukha 同时意为蜜蜂和箭。

② 按印度神话，爱神有五支花箭：红莲花箭、蓝莲花箭、无忧花箭、芒果花箭和茉莉花箭。

③ 这首诗中的“你”指爱神。

爱人在我心中，仿佛融化、粘合
或埋入，又如映像、画像和雕像，
或者，如同爱神射入的五支花箭，
又如绵长细密的思绪交织成网幔。

（783）

如果我的爱妻再度成为水池，眼睛是
蓝莲，脸庞是白莲，双臂是莲花茎秆，
我就能潜入美的池水，身体变得清凉，
摆脱爱神的烈焰，这致命的相思病痛。

（784）

如果月亮已经败于你的面庞，
他为什么要残酷地迁怒于我？
他的光芒对所有人如同甘露，
唯独对我，如同燃烧的烈焰。

（794，波罗梅希婆罗）

妙腰女向我投来闪闪烁烁的斜视目光，
它们巧妙地避过她身边女友们的眼睛，
落到我身上，而如同抹油的锋利尖刀，

一次次割裂我的心，直到现在还如此。

（796，波罗梅希婆罗）

用稠密的墨汁将这夜空涂黑，

用咒语魔法剥夺白莲的笑容，

将这月亮在石板上摔个粉碎，

我就能看到她的脸映照十方。

（797）

啊，在槟榔树周围飞动的饮光鸟，

你们仰起脖子，喝完月光水流吧！

这样，如同鹿眼的月亮失去光芒，

便能拯救离愁中的情人们的生命。

（800，王顶）

爱情破裂不如没有爱情，

盲人的烦恼不如明眼人。

（805）

睡梦啊，请你再次向我显示

我的心爱，即使是片刻时间，

我见到她，便能紧紧拥抱她，
即使她离去，也会带我离去。

（806）

偷　情

好邻舍啊，请你照看一会儿我的家，
孩子他爸不太爱喝这池塘无味的水，
我得独自前往那条树荫浓密的溪流，
任凭有节带刺的芦苇扎破我的身体。
（807，维蒂亚）

好友啊，阎牟那河岸的
　　那些蔓藤凉亭还安好吗？
它们是牧女们游戏的
　　伴侣，见证罗陀的秘密①，
如今已不再精心修剪，
　　用作舒适的欢爱之床，

① 牧女罗陀是牧童黑天的情人。这里指罗陀和黑天幽会。

我想它们鲜艳的绿叶
　　会褪色，渐渐衰老凋敝。
　　　　　　（808，维蒂亚）

旅人啊，不能这样悠闲，加快步伐赶路吧！
前面树林里充满大象、毒蛇、野猪和野牛，
太阳的光芒正在褪去，你独自一人又年轻，
你不能留宿我家，我也是独自一人又年轻。
　　　　　　　　　　　　　　（810）

"我的年老的婆婆睡这里，
　　年纪最老的公公睡这里，
操持所有家务而身体
　　疲惫不堪的女仆睡这里，
我这个罪人独自睡这里，
　　丈夫出远门已有好些天。"
这位少妇的话中藏着话，
　　这样提醒这借宿的旅人。[1]
　　　　　　　（812）

---

[1] 这首诗点明女主人公话中有话，而前面第807、810首没有点明。

依然是这位夺走我童贞的丈夫，
依然是月夜，茉莉香随风飘逸，
我也依然是我，但心中却向往
河岸边那芦苇丛中的爱情游戏。

(815)

丈夫不太容易受蒙骗，月光清澈，
道路凹凸不平，街坊爱传播流言，
但又不能对情人失约，这妙腰女
一次次打开家门，最后还是回屋。

(830)

我已经扎紧脚镯和腰带，不让铃铛
发出声响，周围邻居也已进入梦乡，
我正要出发，命运你为何就在此刻
对我发怒，让明晃晃月亮当空升起？

(834)

胸前佩戴闪亮的珍珠项链，系在
圆臀腰带和脚镯的铃铛叮当作响，

傻丫头！你既然敲着鼓去会情人，
又为何这样战战兢兢，四处张望？
（835，提婆笈多）

黄　昏

太阳的光芒变红，仿佛收集
渐渐闭眼入睡的莲花的色泽，
也变得清凉，仿佛接触即将
分离的结对轮鸟流出的泪水。[①]

(858)

太阳在世人眼中变得和蔼，落入西山，
太阳的光芒仿佛殉节的妇女投火自焚，
四面八方[②]渴望修苦行，星星成为念珠，
柔软如同鸟禽脖颈的黑暗成为兽皮衣。

(863)

---

① 按印度传说，轮鸟成双结对，白天聚合，夜晚分离。
② 此处四面八方是将各种方位拟人化。

红色的日轮散发微热的光芒，
带着蜷缩的白天，落入西山，
这个世界弥漫着朦胧的黑暗，
犹如一幅被油烟熏黑的旧画。

（878，王顶）

太阳从空中进入弥卢山坡，
沿途全是闪烁的珠宝岩石，
这黄昏时分犹如风儿扬起
马蹄践踏碾碎的红宝石粉。[①]

（879）

白日旅人躺在天空床上，
将他的太阳脑袋安放在
西山枕头上，蜷缩四方
肢体，盖上这黑暗被子。

（883，摩罗耶伐多）

① 按印度神话，太阳神乘坐马车。

黑　暗

火红的太阳连同光芒迅速落下西山，
三两颗星星是天空点亮的黄昏之灯，
四周围的无花果树上布满归巢的鸟，
黑暗即将展示勇力，覆盖整个天地。
（887）

夜空浓密的黑暗就像
木板遭到白蚁的啃啮，
出现的蛀洞成为星星，
落下的木屑成为星光。
（889，牟罗利）

这青年的幽会地点笼罩在浓密的黑暗中，

他徒劳地一再睁大眼睛观望周边的道路，
稍微听到一点儿响声，便以为情人已经
悄悄来到，赶紧伸出双臂，扑空而懊恼。

（890，努）

黑暗仿佛可以握在手中，
大地仿佛可以通行无阻，
四方仿佛紧贴自己身体，
天空仿佛就在自己额头。

（895，王顶）

这些鹿眼女郎佩戴孔雀尾翎耳饰，
翡翠手镯，蓝宝石项链，脸颊上
绘有麝香线条，前去会见心上人，
夜晚的黑暗成为保护她们的朋友。

（896，王顶）

月　亮

月亮神诞生于乳海，是艳情舞台总导演，
爱神净修林中的梵行者，爱情王国祭司，
天下妇女的主神，晚莲夜夜盼望的情人，
安居在大神湿婆的顶髻，慷慨施舍月光。

（897，婆苏迦尔波）

妙腰女，你看这一弯新月
可爱如同爱神城中的拱门，
天下所有分居两处的青年
情侣的目光全都汇聚这里。

（903，王顶）

看啊，这并非天空，而是大海，

这并非银河，而是罗摩架的桥，
这并非月亮，而是蜷曲的神蛇，
这并非黑影，而是入睡的诃利。[①]

(904)

猫儿伸舌舔取盘中的月光，以为是牛奶，
大象卷起树隙透出的月光，以为是莲藕，
妇女欢爱后抓取床上月光，以为是绸衣，
啊，月亮为自己的光芒迷惑世界而骄傲。

(905)

月亮升起，仿佛用檀香液涂抹天空，
又如从天国大象割下的一截象牙，
放射的光芒如同悬挂的珍珠项链，
成为女郎们借以阅读情书的灯光。

(908)

月亮披上落山的太阳的红色外衣，

---

① 诃利是大神毗湿奴的称号。按印度神话，他躺在大海中，以名为湿舍的神蛇为卧床。他曾经化身英雄罗摩，为诛灭魔王而在大海上架桥。诗中所说的黑影指月亮中的黑影。

伸出清凉的手臂[①]，偷偷拥抱日莲，
日莲感觉到清凉，立即转过脸去，
晚莲微笑，月亮窘迫而全身变白。

（922，王顶）

月亮倾泻牛奶，形成数以千计的激流，
晚莲抬起焦渴的脖颈，畅饮月光牛奶，
世界辛苦劳累一天，浸泡在牛奶海中，
搅动泛起的牛奶泡沫形成闪烁的星星。

（927，遮杜尔那姆）

月亮升起，看似夜晚夫人的吉祥志，
东山的顶饰，击败黑暗大象的狮子，
为爱神灌顶的银水壶，四方美女[②]的
镜子，优美胜过天池中嬉戏的天鹅。

（930，波那）

大海看到自己的好朋友月亮升起，

---

① kara（手臂）一词也意为光线或光芒。
② “四方美女”是将四个方位比作美女。

心潮澎湃，想要反悔以前的承诺，
装作洁白的月光，涌向天国宫殿，
企图取回众天神拿走的海中珍宝。[①]
（934，伽那波提）

月亮美似迦湿弥罗妇女的罐状乳房，
向四面八方放射洁白似素馨的光芒，
月亮中的鹿儿[②]阴影色泽如同蓝莲花，
又似那些妇女乳房上涂的麝香线条。
（939，舍尔婆）

月光在空中漫游，分布在许多白莲花上，
映照在妇女苍白脸颊上，扩散在湖面上，
仿佛在洁白如洗的住宅屋顶上展露微笑，
又如伴随旗帜绸面和叶梢在微风中舞动。
（942）

月亮涌动着激情，伸出光芒之手，

① 按印度神话，众天神搅动乳海，取走从乳海中搅出的包括月亮在内的诸多珍宝。

② 按印度传说，月亮中有鹿或兔子。

除去夜晚夫人的黑暗外衣，触摸
她的洁白胸脯[①]，四方美女看到后，
既好奇，又害羞，悄悄退往远处。

(944)

月亮升起，犹如东山跃出的狮子，
放射皎洁的光芒，照亮这座树林，
犹如狮子敞开的鬃毛，月亮中的
黑影如同狮子嘴中叼着的一头鹿。

(946，波你尼)

① 这里 payodhara(胸脯)一词也意为云朵。

黎　明

月亮的光辉渐渐减弱，天空四周笼罩着
黑暗，犹如太阳石即将燃烧而冒出浓烟，
太阳此刻尚未升起，但已经像磁石吸引
铁屑那样，吸引着关闭在莲花中的蜜蜂。

(958)

黄昏，一千朵莲花的花瓣依次收拢，
仿佛依次数着落日消逝的千道光芒，
现在，这些莲花又依次绽开，仿佛
又好奇地数着旭日放射的千道光芒。

(961)

星星屈指可数，苍白如同多伽罗花，

灯焰即将熄灭，色泽如同姜黄嫩芽，
月亮在这拂晓时分如同冻结的水银，
东方天空开始泛红，如同陈年蜜酒。

(963)

残留的三两颗星星光辉黯淡似旧珍珠，
杜鹃醉饮月光，身躯瘫软，仍在昏睡，
月亮落入西山，色泽如同空虚的蜂窝，
而东方山顶如同小猫的眼睛闪闪发光。

(964)

月亮丈夫按照命运的安排，从空中消逝，
夜晚夫人发出鸟鸣哭泣声，披散浓密的
黑暗头发，洒下无数珍珠般的星星泪滴，
最后，她将身体投入燃烧的朝霞火焰中。

(970)

白天大象醒来，骄傲地离开
天空卧床，挥落满天星星，
月亮暗淡，如同大象耳边的
贝壳坠落，沾满颞颥液汁。

(975)

太阳升起，犹如东山树林中一朵
鲜艳的曼陀罗花，莲花纷纷绽开，
愤怒地驱散黑暗，红似猴子脸颊，
解除与情侣分离的轮鸟们的痛苦。

（979，瑜伽主）

中　午

中午，太阳烧灼头顶，甚至连
风儿也惧怕这酷热，静止不动，
阴影本已走得很远，不能忍受
飞扬的炽热尘土，又返回树下。

（982，摩罗耶罗阇）

田凫飞上绿叶繁茂的桂皮树，
橙鸟亲吻豆荚，又飞向水溪，
秧鸡鸟藏身树洞中，野公鸡
在下面呼应树上鸣叫的鸽子。

（987）

大象渴望莲花叶，竖起自己的耳朵，
孔雀无心咀嚼草，将头埋在尾翎中，
野猪渴望莲花茎，舔舐自己的獠牙，
野牛在寻找与自己一样乌黑的泥沼。

(989)

在布满水草和浮萍的清澈水池中，
沙古罗鱼欢快跳舞，身躯硕大而
不怕叼鱼的鹰，腹中已经灌饱水，
嘴尖喝水又吐出，随后潜入水中。

(994)

名　声

你凭臂力和勇气战胜敌人，名声
传遍三界，洁白胜过皎洁的月亮、
旃檀膏、素馨花、乳海和湿婆的
微笑，明亮胜过美女们的银耳环。

（997，伐尔提格迦罗）

又咸又涩的海水经过乌云努力，
变成甜美雨水，经过牡蛎努力，
变成无价珍珠，你的名声可与
它们媲美，事物的变化真奇妙！

（999，阿遮罗辛诃）

目睹你的战斗功绩，优禅尼城的丈夫啊，
你和妻子[1]的洁白名声留在歌手的传唱中，
善人的记忆中，优秀诗人创作的诗歌中，
工匠雕刻的石碑中，天神集会的歌声中。

（1000）

“你是谁？”“我是名声。”
　　“你住哪里？”“我居无
定所。”“那么，你的朋友
　　语言、财富和美丽在哪里？”
“语言女神住在梵天嘴上，
　　财富女神住在毗湿奴怀中，
美丽女神住在皎洁月轮中，
　　唯有我，至今居无定所。”[2]

（1005）

从前，罗摩由军队护卫，架桥
越过大海，现在不再令人惊奇，

---

① 这里的妻子是优禅尼城的拟人化。

② 在梵语中，kīrti（名声）、vāc（语言）、śrī（财富）和 kānti（美丽）均为阴性名词。

因为无需军队和桥梁，大王啊，
你的名声独自就越过了七大洋。
（1012）

大王啊，你在大地上闪耀光辉，
你的父亲在天国，祖父在梵界，
你的伟大名声闪耀这三重光辉，
美似镶嵌三颗摩尼宝珠的项链。
（1016，婆苏迦尔波）

寓　言

珍珠啊，你到外面去吧，去装饰
国王的宫殿，实现自己的价值吧！
为何在牡蛎中默默老去？在浩瀚
深邃的大海中，谁知道你的价值？

（1019，牟罗利）

你不要怀着幼稚的好奇，进入水池，
渴望捞取月亮①，那只是月亮的影子，
虽然看得见甘露，凡人怎能获得它？
甚至湿婆大神也只能以月牙作顶饰。

（1022，婆罗纳）

---

① 此处“月亮”一词按原文直译是“甘露光芒”。

是谁将你从安居的矿藏中挖出？
又是谁渴望在异乡客地出售你？
翡翠兄弟啊，这里甚至无人能
鉴定你，怎么会有合适的买主？

(1023)

享受登临树顶待遇的小鸟们纷纷飞往各处，
在树荫下解除疲乏的胆小鹿儿们消失不见，
在枝头跳跃、贪吃果子的猴子们无影无踪，
啊，剩下这棵大树独自忍受森林大火焚烧。

(1024)

谁曾经听说香象王投身
　　战斗？只要它散发香气，
就不见其他大象，然而，
　　它败于狮子，成为耻辱。
而狮子听到八足兽[①]名为
　　“战胜自我”，也甘拜
下风，因此，我们敬拜

① 八足兽(śarabha)是能战胜狮子的神兽。

　　那位生下八足兽的母亲。

（1027，婆罗纳）

你的这些波浪汹涌翻滚，
　　连根拔起从小就生长在
你身边的这些大树后，
　　顷刻之间，又破碎离去，
索纳河兄弟，洪流过后，
　　你外面芳香的树木毁灭，
而里面留下一大堆乱石，
　　自作自受，岂不让人笑话？

（1028）

乌云啊，请不要再耽搁时间，
发出这些深沉优美的雷鸣声，
请立刻降下雨水，你看大火
借助无情的风焚烧这些树木！

（1029）

金匠啊，你怎么来这里推销耳环，难道
你不知道这里的部落首领耳朵都不穿孔？

（1033）

这头狮子能够一跃而过山顶，爪子
锐利似金刚石，吼声震撼整座森林，
它威武雄壮，具有征服世界的能力，
却懒洋洋躺在洞里睡觉，无所事事。

（1035）

乌鸦们说你出生在它们的窝中，
是与它们同类的黑肤色再生族[①]，
你的嗓音甜蜜，正是你的本性，
杜鹃啊，乌鸦却说是你的缺点。

（1037，婆罗纳）

无忧树啊，你高大又低垂，树荫浓密，
树叶可爱，花朵优美，而这些有何用？
疲倦的旅人来到你的脚下，怀着渴望
赞美你，你却不赐予他们甜美的果子。

（1038）

① 再生族（dvija）本指印度古代四种姓中前三种种姓。鸟类属于卵生动物，也称为再生族。按印度传说，杜鹃在乌鸦窝里产卵，由乌鸦孵化出小杜鹃。

你出于谋生需要，砍伐树木烧成炭，
烧炭人啊，当然也是为我们做好事，
可是，在这荒野，旅人遭受炽热的
太阳折磨，没有庇荫处，该怎么办？

(1039)

你的波浪直抵云霄，珍宝光芒照亮
地下世界，海水淹没大地，大海啊，
这算得了什么？旅人盼望饮水解渴，
来到你的身边，却都流着泪水离去。

(1044)

我们在远方听说大海美称“宝藏”，
但是没有亲眼见到海中的珍宝，
我们现在满怀渴望扎营在海边，
却面对惊涛骇浪和可怕的鲨鱼。

(1049)

我们离开道路，前来看望你这棵大树，
你的树荫浓密，枝头布满果子而低垂，
可是你的树洞中毒蛇游动，喷射毒焰，

令我们胆战心惊，只能向你行礼告别。

（1050）

小杜鹃啊，在羽毛丰满，展翅飞上
天空之前，你必须保持沉默，否则，
乌鸦发现你的鸣叫声与它们不同，
你肯定会受到它们的尖喙严重伤害。

（1051）

你居住在摩罗耶山坡，
　　林中人用斧子砍伐你，
将你带往别处，然后，
　　放在石板上碾成粉末，
制成泥浆一般的软膏，
　　檀香木啊，不必忧伤，
正是你具有优异品质，
　　才会遭遇这样的不幸。

（1053）

年轻的雄狮啊，如果
　　你不发怒，我要问你：

"你杀死一千头大象，
　　能得到什么？"如果你
回答："我有能力这样做。"
　　那么，你是纯粹的傻瓜，
你看大海有能力淹没整个
　　大地，而它决不这样做。
（1060）

你身躯高大，树荫浓密，为道路增添光彩，
神圣的无花果树啊，堪称毗湿奴部分化身，
而你招来这些飞鸟，兴奋跳跃，贪吃果子，
喧闹声淹没杜鹃的甜蜜啼鸣，实在是缺陷。
（1061）

花朵天生硕大，长出的果子肯定也硕大，
可爱，甜蜜，芳香，清凉，鹦鹉怀抱着
这样的希望，耐心等待木棉树果子成熟
时刻，最终却看见果壳裂开，露出棉花。
（1063）

牛乳和水两者清凉解渴，确实可以

结为朋友，而我认为水更值得赞美，
因为两者混合时，水增添牛乳分量，
而烧煮时，水又先蒸发，牺牲自己。

(1064)

旅人啊，这边路旁有清澈池塘，
可以供你饮水解渴，消除疲劳，
那边大海海水苦涩，还有鲨鱼，
为了你的安全，千万别去那里。

(1069，延比亚格)

成群的天鹅愉快地畅饮这可爱的
水池中洁净的水，而这只饮雨鸟
出自天性或骄傲，不饮这里的水，
难道这能表明它高贵，水池低贱？

(1070)

疯狂的大象啊，为何拔起路旁的树？
又为何用鼻子席卷湖中盛开的莲花？
而如果你敢触动睡着的狮子的鬃毛，
那时候，我们才会承认你威力无比。

(1072)

“我住在海里，却被无情的波浪
抛到岸边。”“珍珠啊，不必忧伤！
肯定会有某个国王赏识你的价值，
将你用作他的王冠上耀眼的顶饰。”

（1073）

你现在忧愁不安，思绪混乱，不喜爱
无忧花、素馨花和波古罗花，也不愿
与无花果树作伴，却信任带刺的红花，
蜜蜂啊，毫无疑问你的身体会被刺伤。

（1074）

你不要囤积果子，不要用树叶遮盖它们，
岸边的树啊，你要慷慨施舍，在这雨季，
可能就在今天或明天，河水会掀起如同
多罗树般高的巨浪，卷走你和你的财富。

（1077）

檀香树，你的芳香闻名四方，吸引
远方的人们亲自前来观赏你的风采，
而我们今天看到毒蛇在树洞中游戏，

祝你吉祥如意，允许我们安全离去。

（1078）

乌云啊，这饮雨鸟已有很长时间，
神情沮丧，抬起鸟喙，仰望天空，
盼望你降临，然而至今没有下雨，
甚至没有听到你发出甜蜜的雷声。

（1080，阿遮罗）

你拥有巨大财富，大海啊，我们疲倦困乏，
只不过想求取一点儿水，你为何勃然大怒，
掀起惊涛骇浪？请你宽恕，向你行礼告别！
我们在四面八方能找到许多清凉的莲花池。

（1081，阿遮罗）

你看这饮雨鸟，听到雷声，
飞向乌云，不顾雷电袭击，
扑腾翅膀，发出尖利鸣叫，
就是为了喝那么一点儿水。

（1083，阿遮罗）

蜜蜂啊，要知道自己已被囚禁，
你贪图花蜜，正因为这种嗜好，
让你不注意莲花会闭合，现在，
你何必徒劳地在里面左冲右突？

（1084，阿遮罗）

何必多说什么？这棵大树
始终保持助人为乐的天性，
即使无情的狂风将它刮倒，
仍被架在这河上用作桥梁。

（1090）

你看，这一片伟大的乌云，
不发出雷鸣，不释放闪电，
不怒吼，不欢呼，不刮起
狂风，而只是默默地下雨。

（1093）

这只饮雨鸟天天怀着渴望，
几乎痴呆，盼望已久的乌云
终于升起，它却遭到雷电

袭击,可怜啊,它会怎么想?
(1101,格尼迦迦罗)

说什么大海深邃,藏有甘露!
说什么海浪掀起有多高多远!
就在它身边的森林遭遇大火,
它却不愿意献出哪怕一掬水!
(1108)

你的潮水涨得很高,
只是持续那么几天,
然而冲倒岸边的树,
这罪孽将永久存在。
(1110)

蜜蜂啊,你忘却水池中的莲花,
全然不顾大象耳朵拍击,吸吮
腥味的颞颥液汁,你将为你的
这种不良癖好付出生命的代价。
(1115,阿遮罗)

大海啊，你不要这样喧嚣，不要这样涌动，
你拥有那么几颗宝石，又有什么值得骄傲？
你看弥卢山，它的宝石顶峰多么雄伟壮丽，
而为了大地稳固，它始终保持沉默和坚定。

(1122)

风

风儿吹拂，偷走盖罗拉妇女发髻上佩戴的
茉莉花，又在乔吒妇女的胸脯上滞留良久，
它携带雷瓦河的水雾，吹送雌杜鹃的甜蜜
鸣叫声，解除安达拉和摩罗拉妇女的傲气。

（1128，吉项）

南风离开长久共享欢乐的
南方妻子，害怕妻子发怒，
小心翼翼移动，携带旃檀
芳香，前去会见北方情人。①

（1131）

---

① 这首诗中的南方妻子和北方情人是南方方位和北方方位的拟人化。

摩罗耶山风对妇女施展爱神伎俩，
亲吻脸颊，触摸胸脯，吹乱头发，
拂动衣襟，刺激她们身心，解除
骄傲，像爱人那样拥抱她们全身。

(1133)

小溪的流水灌入覆盖绿草的树坑，
浸湿花园别墅地面，黄昏的微风
清净无尘，带着新开的茉莉花香，
缓缓吹醒情人们沉睡已久的爱情。

(1135，阿遮罗辛诃)

风儿吹拂，携带清凉水雾，
爱神仿佛怕冷，迅速潜入
独自守着空房的妇女心中，
靠近她们的离愁之火取暖。

(1137，鸠摩罗陀娑)

风儿携带着西海的水雾，幸运地在多门城
毗湿奴大神雄伟的月亮宝石宫殿停留片刻，

颞颥流淌液汁的大象甩动鼻子，触醒狮子，
风儿的树胶香散布在狮子的愤怒吼叫声中。
(1142)

一再优美地扭转脖子，
　　察看身后追赶的车子，
不断把后半身缩向前，
　　唯恐自己被飞箭射到，
累得张口喘气，嚼了
　　一半的青草撒落在地，
看这鹿儿跳跃，简直是
　　在空中飞，不是在地上跑。
　　　　　　（1149，迦梨陀娑）

兀鹰在空中绕了几圈，摆定姿势，
俯视旃陀罗院子里烧煮的一块肉，
然后收拢宽阔的翅膀，向下俯冲，

刹那间叼走旃陀罗锅中半熟的肉。

(1150)

清晨,河岸边这些雏鸟昂起脖子,
张开一张张鲜红小嘴,双腭干渴,
柔弱的双翅颤动,在地面上扑腾,
互相磕磕碰碰,舔食草尖的露珠。

(1151)

这个农家女从井中打水,粗壮的双腿
叉开站立,一次次弯腰时,臀部撅起,
伸臂拽拉绳索,一侧的乳房明显突起,
贝壳手镯窸窣作响,仿佛要割断绳索。

(1152)

翠鸟跃上天空,扇动双翼,
向下俯视,顷刻锁定目标,
然后快速俯冲,扎进水中,
嘴中叼着鱼儿,返回天空。

(1155,语主)

这只大公鸡走出鸡窝，
扑腾双翅，登上树顶，
昂起脖子，翘起鸡尾，
竖起鸡冠，发出啼鸣。

（1156）

你看这个挤牛奶的少年双手手指弯曲，
拇指合拢，双肘驱赶叮咬双胁的蚊子，
挤出的牛奶流入夹在他双膝中的奶罐，
亲爱的，发出的声音像溪流那样悦耳。

（1157，乌波底亚耶达摩罗）

这条老狗耳朵长满虱子，脑袋耷拉，
尾巴在双股间甩动，突然看见宿敌
从远处走来，满脸愤怒，脖子抖动，
它露出白牙，咕噜几声，随即躲开。

（1158）

这个少女从水中走出，双臂交叉，
遮盖住鼓起的双乳，晶莹的水珠
从鬈发上滚落，湿绸衣紧贴双股，

微微弯腰，转动眼珠，观察岸边。
（1160，波吉耶提婆）

午夜，棕榈树林中，大象
耳朵静止不动，眼睛半闭，
象鼻搁在象牙上，静静地
听着乌云哗啦哗啦下雨声。
（1161，诃斯提波迦）

在经过犁头翻垦的这片土地上，
麻雀愉快跳跃，喙尖拨拉土块，
扑腾的翅膀扬起干燥的尘土时，
它们反应敏捷，迅速闭上眼睛。
（1162）

猫儿弓着背，撅着嘴，甩动尾巴，
竖起耳朵，胆怯地斜眼窥视室内，
狗儿张着大嘴，露出闪亮的牙齿，
屏住呼吸而脖子鼓胀，扑向猫儿。
（1163）

苍鹭想要叼鱼，悄悄停在清澈的
池水上面，转动眼珠，左右观察，
此时抬起一条腿，脖子侧向一边，
满怀希望，盯住一片抖动的叶子。

(1164)

手中撑着破裂的小伞盖，
　　发髻上插着毗尔婆树叶[①]，
所有的必需品系在腰间，
　　脖子精瘦，肚子干瘪，
长途跋涉而疲惫不堪，
　　黄昏时分，这个梵行者
忍住腿部的酸痛，走向
　　婆罗门住宅，借斧劈柴。

(1170)

这两只公鸡展开凶猛的搏斗，鸡冠晃动，
躲避对方尖喙攻击，脖子羽毛竖起如同
圆形鬃毛，脚步迅速移动，一次又一次

① 毗尔婆树叶是湿婆信徒的标志物。

用爪子奋力伤害对方，直到尽兴才罢休。

(1171)

这些高原村庄也很迷人，周边
是白茫茫的盐碱地，农舍深处
传出妇女转动磨子的悦耳声响，
四处飘逸着油煎鹰嘴豆的芳香。

(1173)

即使受到领主残酷无情的压榨，
少数家族固守世代居住的村庄，
纵然墙壁枯朽，猫鼬四处游窜，
灰鸽咕咕鸣叫，他们也不懊丧。

(1175)

一头公牛遭遇狂风暴雨，
晃动着牛角闯进农夫家，
即使已用犁把顶住房门，
农妇依然吓得乱扔物品。

(1176)

这只青蛙从屋子角落里跳出，
轻松地踮脚爬行，脖子鼓动，
跳到一堆污物上，半睁眼睛，
张开鳄鱼般大嘴，吞食飞蚊。

(1177)

这些妇女吟唱舂米歌曲，音调
优美悦耳，双臂柔嫩如同芭蕉，
手镯随着木杵起落发出叮当声，
夹杂着胸脯起伏发出的嗯嗯声。

(1178)

这些麻雀在田边泥土松软稀薄处，
挺胸跳跃，觅食发芽变白的种子。

(1181)

手镯随着柔嫩手臂的举起叮当作响，
莲花手握着闪亮的木杵，项链摇晃，
胸衣滑下时露出胸脯上沿的指甲印，
妇女在木臼中舂米的姿态多么可爱。

(1182，伐古罗)

这只麻雀垂下双翼，翘着尾巴，
心情愉快，在附近轻松地跳跃，
听见情侣发出温柔的求欢鸣声，
顿时身体颤抖，快速迎上前去。

（1183，索诺迦）

林中鹿群喝够甜蜜的野稻米粥，
而且让刚产下幼崽的母鹿先喝，
林中散发煮熟的蔬菜和枣子香，
伴随有轻轻飘逸的酥油米饭香。[①]

（1188，薄婆菩提）

黄昏时分，野蛮部落用活物祭供住在
山崖洞穴中的森林女神，用鲜血祭供
住在树中的保护神，用木杯盛满陈酒，
与女伴一起弹奏葫芦弦琴，消遣取乐。

（1191，瑜伽主）

① 这首诗是描写净修林中的景象。

伟　大

在这梵卵[1]中，有大地，有山峦，
有雨云，大海以各大洲为花环，
宇宙空间如此浩茫，所有一切
都不能填满它，只能命名为空。
（1193，盖舍吒）

谁能说明大海的幸运？
　　自身是吉祥女神诞生地；
谁能说明大海的浩瀚？
　　大地仅仅是它的一个洲；
谁能说明大海的慷慨？

① 梵卵指宇宙。

求告者乌云维持这世界[1]；
谁能说明大海的威力？
它发怒，世界末日来临。
（1196，语主）

从大海中获得一点儿水，雨云就布满天空，
雨水流遍整个大地，当初看到曼陀罗山峰
旋转搅动大海，吉祥女神[2]惊恐地转动眼珠，
毗湿奴大神获得她，三界从此便获得吉祥。
（1197，蒙遮罗阇）

我敬拜投山仙人的胃！大海呼啸翻涌，
海中充满鳄鱼和鲨鱼，填不满他的胃，
而且，他的胃肯定有消化烈火的能力，
乃至感觉炽烈的海底之火柔软如丝绸。[3]
（1200，伐舍吒）

---

① 这句意谓乌云向大海求得水，然后向大地降雨，维持这个世界。

② 吉祥女神是众天神从大海中搅出的众多珍宝之一。参阅前面第115首注。

③ 按印度神话，恶魔弗栗多被因陀罗杀死后，他的追随者们白天藏在海中，夜晚出来侵害婆罗门。于是，应众天神之请，投山仙人喝干海水，让众天神消灭这些作恶者。事后，投山仙人又吐出海水。

你的父亲是食火大仙，导师湿婆大神，
你的勇气见于行动，无法用语言表述，
你慷慨布施七大洋环绕的整个大地，
你超凡出众，确实是梵和苦行的宝藏。[①]

（1203）

灿烂的太阳尚未升起，
皎洁的月亮闪耀光辉，
一旦灿烂的太阳升起，
月亮和白云有何区别？

（1205）

① 这首诗颂扬持斧罗摩。按印度神话，他是一位武艺高强的婆罗门。父亲遭到刹帝利杀害，他便为父报仇，杀尽大地上的刹帝利。在迦叶波仙人祭祀时，他将自己征服的整个大地献给这位仙人。

善　人

唯爱正当的生活，宁死也不陷污浊，
决不向恶人乞讨，不对穷朋友求告，
灾难中高自位置，追随圣人的行迹，
这苦行如卧利刀，有谁人曾经称道？[①]

（1213，法称）

行为充满爱意，言语适度，
甜蜜有礼，生性怀抱善意，
这是善人们的奥秘，天然
纯洁，自始至终都不变味。

（1214，薄婆菩提）

---

① 这首诗采用金克木先生译文。

任凭权谋术士责备或赞扬，
任凭吉祥女神降临或离去，
或今天死去，或活到劫末，
智者永远不离开正道一步。

（1215，伐致诃利）

我过去所知甚微，却盲目骄傲
似醉象，自以为已成为全知者，
自从在智者身边学习后，方知
自己是愚者，骄傲似热病退去。

（1217，迦梨陀娑）

善人似甘蔗，内心流淌
蜜汁，愿意弯腰便弯腰，
而如果别人强迫他弯腰，
宁可粉身碎骨也不弯腰。

（1219）

错误进入恶人心中，如同油漆粘住，
错误进入善人心中，如同水银滑落。

（1220）

穷困时坚定，腾达时谦逊，
语妙于会场，勇往于战场，
欢心在荣誉，专心在典籍，
这正是大人物的本来面目。[1]

(1225)

这些大树如同善人，
自己挺立在骄阳下，
而为他人提供树荫，
又为他人提供果子。

(1229)

视财富为草芥，甘愿忍辱负重，
啊，伟大人物的行为多么奇特！

(1231)

无缘无故发怒的人不计其数，
有理由发怒的人也普遍存在，
而有理由发怒却不发怒的人，

---

① 这首诗采用金克木先生译文。

在这个世上真可谓屈指可数。

(1236)

爱惜名誉重于爱惜生命，
惧怕犯罪而不惧怕敌人，
追求事业而非追求财富，
这便是伟大人物的天性。

(1239)

“他是自己人还是外人？”
器量狭小者总是这样问，
而在胸怀博大者的心中，
这整个大地就是一个家。

(1241)

遭遇灾难，镇定自若，
　　获得成就，不趾高气扬，
忠于朋友，即使需要
　　付出生命，也在所不惜，
羞于表白自己的优点，
　　而热心称扬他人的美德，

造物主不公正，不愿
　　让这样的智者长命百岁。
（1242）

俯首敬拜老师双脚，两耳聆听经典，
双手慷慨布施，嘴中无谎言，心中
有善行，制伏自我的双臂强壮有力，
这便是伟人的装饰，无须炫耀财富。
（1243）

有谁能了解非凡人物的心？
坚硬似金刚，柔软似花朵。
（1244，薄婆菩提）

旧诗既非均是上品，
新诗亦非皆为下品，
智者善于鉴别抉择，
愚者只会人云亦云。
（1246，迦梨陀娑）

纵然命运难抗衡，
善人善行会中断，
但似钟声余音长，
久久萦绕在耳旁。
(1253,罗维笈多)

恶　人

恶人做龌龊之事最聪明，
似猫头鹰黑暗中能辨色。

（1254）

无风闷热有扇子，制伏疯象有刺棒，
渡过大海有船舶，黑暗笼罩有明灯，
世上无论何事造物主都安排有对策，
我认为唯独对恶人的阴谋束手无策。

（1257）

善人心地正直，纯洁无私，
阴险狡诈的恶人处心积虑
给他们设陷阱，如同蜘蛛，

吐出缕缕蛛丝，交织成网。

(1261)

是恶人学老鼠，还是老鼠学恶人？
除了挖别人墙角，不会其他营生。

(1264)

人们受恶人伤害后，
甚至会不信任家人，
孩子喝牛奶烫嘴后，
甚至喝凝乳也吹气。

(1265)

遭到某人脚踩或者棍棒击打，
蛇会用牙齿对付伤害它的人，
而恶人胜过蛇，在一人耳边
造谣，就能伤害另外一个人。

(1268)

知耻是愚拙，守戒是虚伪，纯洁是伪善，
正直是呆傻，英勇是残酷，光辉是骄傲，

善言是嚼舌，和善是穷酸，稳重是无能，
善人的品德有哪种不遭到恶人忌恨怀疑？
(1273，古那迦罗)

恶人尤爱欺侮温和的善人，犹如
荆棘专刺软物，遇见硬物便失效。
(1276)

与恶人的友谊，如同上午的
影子，先长后短，逐渐减弱，
与善人的友谊，如同下午的
影子，先短后长，逐渐增强。
(1277)

恶人的心像枣木那样坚硬，
诗人语言像花朵那样柔软，
不必惊诧，月光宛如甘露，
甚至能让石头也渗出水珠。
(1278)

世上有德之士都不嚼舌和唠叨，
海面波浪喧嚣，珍珠沉潜深处。

（1286）

恶人遇到善良温和的人，趾高气扬，
坏事能做绝，因为他感觉没有危险，
而遇到稍许令他惧怕的人，就收敛，
显出一副谦卑模样，仿佛颇有教养。

（1292，圣勇）

似乎月亮曾经取走恶人的心，骄傲地
想要将这心洗白，可是没有获得成功，
感到羞愧而不退回这心，因此，我们
看到月亮有黑心[①]，而恶人根本没有心。

（1294）

恶人无端发火，言语粗鲁恶毒，
没有对治良药，唯有保持沉默。

（1297）

---

① 此处所谓“黑心”指月亮中的黑斑。

贫　穷

这位旅人傍晚进入村庄神庙，先在圣火前取暖，然后铺开稻草睡觉，夜间刮起大风，夹带冷雨，他身穿破旧的上衣，冻醒过来，瑟瑟发抖，呻吟着从这墙角躲到那墙角。

（1305，波那）

贤妻啊，无论如何，你也要
让我们和孩子熬过这个夏天，
等到雨季来临，南瓜和葫芦
生长，我们的日子会像国王。

（1306，陀罗尼达罗）

孩子们忍饥挨饿，瘦骨伶仃，亲友冷落我，

水罐贴满树胶补丁，这些还不算最大伤害，
唯有看见妻子向邻家妇女借针缝补破衣裳，
受到嘲笑和讽刺，我心似刀绞，难以忍受。

(1307)

冬天，穷人的孩子肩上披着肮脏的
旧布袋片，争抢墙边阳光照射之处。

(1309)

这间屋子是全家的卧室、厨房、储藏室和
舂米处，即便这穷汉能承受这种艰难家境，
现在，妻子今天或明天即将分娩，不时地
痛苦呻吟，我不知怎样描述他的凄苦心情。

(1310)

“孩子今天总算没挨饿，
可是明天不知怎么过。”
贫穷的主妇满面泪痕，
盼望这夜晚不要结束。

(1311)

天降滂沱大雨，在破旧简陋的屋中，
贫穷的主妇头戴破簸箕，忙碌不停，
晾干浸湿的面粉，安抚哭喊的孩子，
舀去地上的积水，保护床上的草褥。
（1312，瑜伽主）

我是家庭主妇，缝补破旧衣裳堪称
首屈一指，也是挑选廉价食品行家。
（1313）

“孩子啊，别哭个不停，羡慕人家孩子，
你父亲回来后，也会给你项链和衣服。”
身无分文的旅人站在屋外墙边听到妻子
这样说，低头叹息流泪，再次离家出走。
（1314）

给南瓜藤浇灌泡过金子的水，就会
不断结果，许多好心人这样对我说，
于是，我从一个富人家里乞讨得来，
却不料一路上全从水罐裂缝中漏掉。
（1315）

"好心的太太，可怜可怜我，让我这疲倦的
陌生人在你家的门廊角落里过一夜。"可是，
她默不作声，面露愠色。这位旅人羞愧地
将他仅有的一捆稻草搁在肩上，继续赶路。

(1316)

父亲和儿子分别抓住牛角，
　　年老的祖父母扶住两胁，
母亲抓住牛尾，孩子们
　　抱住牛腿，儿媳抱住隆肉，
这头生病的老牛是全家的
　　唯一财产，现在终于倒下，
全家人遭到命运的打击，
　　流着眼泪，努力拉它起来。

(1317)

我光着脊梁，皮肤是我的衣服，
冷风吹来，身上汗毛纷纷竖起。

(1318)

穷人的身体很快就会垮掉，
梦想的绳索无法将它系牢。

（1319）

给我双脚，是让我长途跋涉，颠簸劳累，
给我妻子是让我俩分离，嗓音用于乞讨，
给我身体，也为了让我衰老，造物主啊，
即使你不感到羞愧，难道也不知道疲倦？

（1321）

穷人即使活着，不比死去更好，
死去留下尸体，还能喂饱乌鸦。

（1325，格维罗阇）

箴　言

蛇被关在竹篮中，疲弱而绝望，
老鼠饥饿凿洞，自己送入蛇口，
蛇饱餐鼠肉，迅速从洞口逃出，
世人安心吧，祸福自有命安排！

（1334）

为何罗波那不知道夺人妻子是犯罪？
为何罗摩辨别不出那头金鹿的真假？
为何坚战不知道掷骰子赌博的危害？
通常灾难降临时，人的头脑变糊涂。[①]

（1337）

① 这首诗中，罗波那和罗摩是《罗摩衍那》中的人物。罗波那是十首魔王，他让一个罗刹幻变成金鹿，引走罗摩，从而劫走罗摩的妻子悉多。坚战是《摩诃婆罗多》中的人物，他在掷骰子赌博中输掉一切，导致他与弟弟们和妻子一起流亡森林。

冬季里白天变短，
夏季里夜晚变短，
这表明命运总是
让美好事物缩减。

(1339)

应该仔细地考察一个人的品性，
谈论他的出生地优劣毫无用处，
谁会称赞出生在大海的剧毒？
谁会贬斥出生在污泥的莲花？

(1342)

头顶受到炽烈的阳光暴晒，
这个秃头躲到大树树荫下，
突然坚果坠落，砸破脑袋，
人在倒霉时，无处不遭灾。

(1343)

难道是湿舍蛇[1]不感到重压而不抛弃大地？

---

① 按印度神话，湿舍是一条具有一千个顶冠的神蛇，始终支撑着大地。

难道是太阳神不感到疲倦而不停止行动？
实是值得称赞者羞于像卑贱者那样放弃
责任，因为坚持完成事业是善人的誓言。

(1348)

一个人心地纯洁是出于本性，
而非由于自己的出生或配偶，
从乳海中搅出的剧毒，始终
在湿婆大神脖子上保持青色。[①]

(1349)

愚笨的天鹅在夜间
　　觅食水池中莲花嫩芽，
吞噬水面上闪烁的
　　繁星影象，受骗上当，
于是白天见到莲花，
　　依然以为它们是星星，
世人受过欺骗而胆怯，
　　也常误认真实是幻影。

(1355)

---

① 按印度神话，从乳海中搅出的剧毒能毁灭世界，湿婆大神为拯救世界，吞下剧毒以致脖子被烧成青色，故而他又名青项。

唯有愚者，而非智者会有非分之想，
除了幼儿，有谁会去捞水中的月亮？
(1356)

恶人处心积虑伤害善人，
虽然善人并没有伤害他，
犹如莲花从不伤害霜雪，
可是霜雪总是伤害莲花。
(1358)

播下知识种子，收获平静果实，
想要从中获取钱财，徒劳无益，
毫不奇怪，事物都有固定属性，
播下稻种，决不可能长出麦芽。
(1361)

月牙位居湿婆头顶，弯曲而冷漠，
蛇王盘踞在耳边，擅长伤害他人，
厚道的公牛守候门外，不必诧异，
因为主子选择宠臣并不一定明智。
(1367)

如果不是十首魔王罗波那劫走悉多，
罗摩怎么会架桥渡海，攻下楞伽城？
如果不受侮辱，阿周那怎会修苦行？[①]
因此，伟人的业绩常常由敌人造就。

(1368)

牡蛎被波浪抛到海边，遭遇森林大火烧灼，
贝壳中的珍珠经商人之手，登上国王头顶，
因此，无能之辈离开故土家园是遭逢灾难，
而有用之才反而能获得更高的地位和声誉。

(1369)

纵然奴颜婢膝收益颇丰，
智者不会从中获得快乐，
饮雨鸟即使获得的雨水
稀少，也始终昂着脖子。

(1377)

① 阿周那是般度族五兄弟之一。他在流亡森林期间，前往雪山修苦行，求取天国武器，最终在婆罗多族大战中战胜敌人。

手头的钱财只够勉强糊口，有谁会高兴？
脚下的地面只够站立双足，有谁不颤抖？
（1378，婆罗纳）

你看这乌云，前往大海，一路上
常会遭遇大风袭击，甚至被撕裂，
而辛辛苦苦取回的水，毫不吝啬，
一视同仁，慷慨布施给一切众生。
（1379，婆罗纳）

赞颂国王

大王，这些方位象以象鼻为笔，
以耳边流淌的颞颥液汁为墨汁，
以海边的这些棕榈树叶为纸张，
书写颂诗，赞美你的胜利功绩。
（1384，阿毗难陀）

这些博学婆罗门原本生活穷困潦倒，
茅屋被大风刮开，院子里布满棉絮，
现在蒙受大王的恩惠，住在宫殿中，
地面有美女游戏时散落的项链珍珠。
（1390，修般伽）

如果你是月亮，我们是涌动的大海[①]，
如果你是大海，我们是含雨的乌云，
如果你是乌云，我们是受灌溉的树，
如果你是树，我们是树荫下的旅人。

（1392，陀刹）

大王啊，请听！一旦你在战场上挽弓上弦，
顷刻之间一切都依次达到目的，弓获得箭，
箭获得敌人的脑袋，敌人的脑袋获得大地，
大地获得你的统治，你获得三界至高荣誉。

（1407，商格罗曼伽那）

你是主人，我是园丁，奉献给你语言花朵，
如果你认为它们缺乏贯穿一致的诗艺之线，
不能成为花环，你就不要佩戴在你的胸前，
只要听着觉得新鲜，我的辛劳就没有白费。

（1418，维尔耶密多罗）

---

① 这句意谓月亮的引力造成海水涨落。

智者们赞美你慷慨布施一切，
其实，这样的话语并不准确，
因为敌人从不获得你的背脊，[①]
其他女人从不获得你的双臂。

（1426，婆苏迦尔波）

敌人战败，他们妻子们的胸脯
仿佛决心实施苦行，不再佩戴
珍珠项链，以悲伤的泪水沐浴，
守候在心中点燃的忧愁祭火旁。

（1434）

你一人占领三种人的心，
以勇敢让敌人的心痛苦，
以谦恭让学者的心喜悦，
以游戏让美女的心欢乐。

（1438）

① 这句意谓这位国王勇敢面对敌人，从来不会转身逃跑。

你率领浩荡的大军出征，那些战马的
铁蹄践踏大地，扬起的尘土遮蔽天空，
太阳的车夫迷失方向，马匹忽左或右，
白天的时辰延长，以致太阳感到困倦。

(1447)

你的敌人的孩子伸手，
向林中妇女乞讨果子，
文底耶山中的野蛮人
看到后，也不禁落泪。

(1451)

失　望

有福之人在山谷中沉思
　　至高之光，鸟儿飞入
他的怀中，毫不惊慌，
　　吸吮他流出的喜悦泪水，
而我却朝朝暮暮这样
　　坐在梦想宫殿的水池旁，
游戏于园林和凉亭，
　　虚度了一生美好的时光。
　　　　　　　　(1461)

我从未佩戴明亮似秋月的金手镯，
没有尝过羞涩而温柔的新娘嘴唇，
也没有凭借武器或著作享誉天国，

一生陪伴学堂中调皮捣蛋的学生。

(1469)

不善于将嘴巴凑在别人耳边，
也不敢耍手腕迷惑主人的心，
嘴笨学不会说虚情假意的话，
凭什么我能获得主人的宠幸？

(1470)

我努力取悦他人，忍受恶人的恶言，
我强压住内心痛苦，违心露出微笑，
也向愚蠢的富人合十致敬，虚妄的
希望啊，难道我还要继续随你起舞？

(1471)

创造了这样一位品德完美的
人中之宝，成为大地的装饰，
却又突然之间毁灭他，天啊！
命运喜怒无常，实在太昏庸。

(1473)

在我看来灾厄和不幸
是创造主宠爱的女儿，
否则，他为什么总是
将她们嫁给有德之士？
(1476)

语言女神啊，请借给我
　　一些动听的甜言蜜语！
心儿啊，请保持镇定！
　　尊严啊，请站在那里！
羞耻啊，请转过脸去！
　　欲望啊，请赶快过来！
我这罪人准备卑躬屈膝，
　　开口向富人乞求恩赐。
(1477)

我在自己心扉上书写愿望，
然而命运刻意将它们擦去，
就这样擦了一次又一次，
如今所有字迹模糊不清。
(1487)

我这不幸之人空有品德，
如同珠宝盒已经被贴上
贫穷封条，既不能安顿
自己，也不能帮助他人。

(1489)

林中鹿儿吃草度日，轻松自在，
不必像我们这样，在富人面前
卑躬屈膝，而人们却说它们是
无知的牲畜，我们是聪明的人。

(1494)

遭到威胁生命的危险，便放弃
财富，保护生命，而度过危险，
又会冒险追逐财富，对于愚者，
生命和财富是互相交易的货币。

(1497)

我不是乌云，能灌溉干枯的财富谷苗，
我不是飓风，能打击如同高山的敌人，
我不是蜜蜂，能亲吻美女的莲花脸庞，

而是一把斧子，砍伐母亲的青春树林。

（1498，伐致诃利）

心地慈悲的人绝不会

　　做任何损人利己的事，

甚至不惜生命救助他人，

　　这样的好人如今在哪里？

现在站在我面前的人，

　　傲慢粗鲁，冷酷无情，

眼睛啊，别落泪！想想

　　你在什么人面前哭泣！

（1499，摩特利笈多）

妻子郁郁不乐，亲友们也身处困境，

朋友渐渐疏远，侍从们也愁眉苦脸，

事事不遂心意，生命坚硬似金刚杵，

纵然受命运捉弄，心中仍渴求幸福。

（1503）

智者通晓三界运作的奥秘，受人尊敬，

傻瓜从不怀疑自己的智力，同样快乐，

因此不要成为只是掌握少许知识的人，
思想总是摇摆，处在是非曲直怀疑中。

（1506，婆罗纳）

我游遍以四海为腰带的大地，
没有遇到一个品德完美的人，
能在他面前倾诉心中积聚的
酸甜苦辣，获得片刻的安宁。

（1507）

没有积聚任何财富，
没有修成任何苦行，
没有掌握任何知识，
生命却已到达尽头。

（1512）

坟场

这个食尸魔鬼先是剥皮，掏出肚肠眼珠，
然后，吞噬肩臀部容易上口的腐臭肥肉，
把骷髅放在膝上，露出牙齿，不紧不慢，
继续啃吃骨头上，甚至关节中残剩的肉。

（1530，薄婆菩提）

这些女魔鬼以肠子为吉祥腕带，妇女的
手掌为红莲耳饰，成串的心为白莲花环，
以血浆为番红粉脂，以头盖骨为酒杯，
以骨髓为美酒，与情人一起寻欢作乐。

（1532，薄婆菩提）

看见一群食尸恶魔腿长似枣树，
漆黑皮肤紧裹筋腱牵连的骨骼，
喘息着吞吃人肉，一半从嘴中
掉出，喂养在周围嗥叫的豺狼。

（1533，薄婆菩提）

这里站着一个恶鬼，用尖锐的指甲
抠出死尸身上所有的肉，连带着筋，
又扭着嘴，噘起嘴唇，美滋滋吸吮
骨头空腔中被焚尸烈火烧熟的骨髓。

（1535，胜日）

这个恶鬼用一根长长的骨头尖端，
戳住一具尸体，从火葬堆上拖下，
一次次扑灭燃烧的火，迫不及待，
吞食人头，烫得难受又赶紧吐出。

（1539，格歇密希婆罗）

英　雄

你孤身一人，而我总共有十个人，
一旦我挽开弓，弓弦声直达天国，
你增加八位护世天神和罗什曼那，
这样，我与你战斗，才公平合理。[①]

（1544，僧伽希利）

罗摩举起湿婆神弓时，国王们站着微笑，
罗摩挽弓上弦时，国王们一齐拍手欢呼，
罗摩用手指拉开弓弦时，他们脸色发白，
而罗摩拉断神弓时，他们昏倒在座位上。

（1550，王顶）

---

① 这首诗是十首魔王罗波那与罗摩交战前说的话。他有十个脑袋和十双手，故而说自己总共有十个人。

十首王每只手臂被砍断时，它们的
威力转移，增添其他手臂的威力；
十首王每个脑袋被砍下时，它们的
光辉转移，增添其他脑袋的光辉。

(1553，牟罗利)

“大王啊，猴军阵容已崩溃，将领们已丧命，
十首王就站在附近，我的勇气还有什么用？”
猴王须羯哩婆[①]惊慌恐惧，这样埋怨自己，
而罗摩镇定地半闭眼睛瞄准，发射十支箭。

(1554)

这个人面畜生揪住般遮罗公主的发髻，
还在众国王和长辈们面前扯她的衣服，
我已发誓要将他胸膛里的鲜血当酒喝，
他现在落入我的手臂，你们来救他吧！[②]

(1556)

---

① 猴王须羯哩婆是罗摩的盟友。

② 这首诗的说话主人公是般度族五兄弟中的怖军。其中提到的人面畜生指俱卢族的难降，他曾揪住般度族五兄弟的共同妻子德罗波蒂(即般遮罗公主)的发髻，将她拖到赌博大厅中，当众羞辱她。

雄狮睡眼惺忪，望了望洞外
一群猎人，转过身子又入睡，
夫君的威武驱散妻子的恐惧，
母狮也不再惊慌地张望洞外。

（1558，梅吒）

山　峦

这麻鹬山上，竹林随风发出瑟瑟声，
猫头鹰发出号叫声，乌鸦默不作声，
孔雀东蹦西跳，也发出尖锐鸣叫声，
蛇族惊恐不安，纷纷登上老檀香树。[1]

（1577）

这曼陀罗山是搅动乳海的
　　搅棒，蛇王是缠绕的绳索，
啊，它在受到反复牵拉时，
　　怎么能够忍受翅膀折断处
伤疤裂开的疼痛？因此，
　　它从乳海搅出了罪恶的

---

① 这首诗描写乌鸦害怕猫头鹰，蛇害怕孔雀。

财富女神，从此世界上
　　有了富人和穷人的区别。[1]
(1580)

这摩利耶凡山树林中，
　　那些鹦鹉至今学舌说着
代代相传的话语，扰乱
　　牟尼的心："罗什曼那啊，
眼见这些乌云，激发我
　　与悉多分离的相思痛苦，
风儿即使夹杂着雨滴，
　　却增添我心中的灼热。"[2]
(1586)

文底耶山坡下，竹林碧绿似鹦鹉，
大象游戏取乐，用象牙折断树木，

① 按印度神话，众天神和阿修罗曾经一起搅动乳海，搅出种种珍宝，财富女神是其中之一。财富女神(又称吉祥女神)是王权的象征。又按印度神话，世界上的山岳原先长有翅膀，后被因陀罗砍掉，故而这里提到翅膀折断处的伤疤。

② 这首诗描写古时候罗摩在妻子被魔王劫走后，在摩利耶凡山林中向弟弟罗什曼那诉说痛苦的心情。

蔓藤凉亭中，妇女因欢爱而疲倦，
风儿吹干她脸颊上冒出的汗珠。
（1588，陀刹）

有些地方湿润阴暗，有些地方幽深可怕，
四面八方，处处回响溪流发出的喧闹声，
今天我又见到这熟悉的弹宅迦林，里面
有圣地、净修林、山峦峡谷、河流和险境。
（1589，薄婆菩提）

山林周边有些地方沉寂无声，有些地方
回响野兽吼声，顶冠宽阔的蛇安然入睡，
呼出的气息点燃火，地面缝隙中有少许
洁净的水，焦渴的蜥蜴吸吮蟒蛇的汗滴。
（1590，薄婆菩提）

这里，那些幼熊住在洞穴中，
它们的吼声伴随回音而深沉，
那些萨吉罗树的结节被大象
撞破，散发清凉的浓烈香味。
（1591，薄婆菩提）

这些溪流穿越结满果子的瞻部
树丛，奔腾跳跃，发出喧嚣声，
那些蔓藤布满激情迸发的鸟儿，
水流清凉纯净，夹杂蔓藤花香。

(1592)

平　静

与圣者共同生活自由自在，食物不必
卑微地取得，勤勉的唯一成果是平静，
我内心激动，久久思索，不知道前世
修习哪种苦行，能够获得这样的福气。
（1594）

草地，溪流，周围有鹿儿足印，
树木枝头结缀花朵，随风摇曳，
各种鸟儿欢快的鸣声交响回荡，
这安祥的林地怎会不令人喜悦？
（1595，古那迦罗）

满足求告者的愿望，

对仇人也以德报怨，
抵达学问之河彼岸，
有福之人遁居林间。
(1596)

远离恶人利箭的伤害，
摆脱女人毒藤的缠绕，
这些智者隐居苦行林中，
享受平静和快乐的果实。
(1597)

有时聆听弦琴演奏，有时欣赏诗人吟诵，
有时受疾病折磨，有时与知心朋友离别，
回想这些往事，令人忽而喜悦，忽而忧伤，
我不知这尘世是由甘露还是由毒药构成。
(1603)

前面有歌手，身旁有充满情味的南方诗人，
身后有女侍为你执持拂尘，手镯叮当作响，
若能这样，心啊，就随你贪恋尘世的美味，
若是不可能，你还是入定沉思至高的梵吧！
(1605，乌特波拉罗阇)

这具躺在火葬场上的尸体，已经越过
欲乐之河，蔑视痛苦，摒弃污浊思想，
再也不为缺乏感官对象忧愁和烦恼，
闭上眼睛，达到永久的平静和幸福。
(1615)

我身披树叶串成的衣服，住在林中，
以水和果子维生，不必乞讨而快乐，
我无法忍受蜷缩着身子，内心焦灼，
却又因害怕而颤抖，开口向人乞讨。
(1616)

这个少女的眼睛美似青莲花瓣，
不断顾盼我，她希望获得什么？
虽然我已熄灭爱神之箭的火焰，
可是这可怜少女依然这样痴情。
(1620)

如果别人贬损我，我会满意，
认为那是不费力获得的恩惠，
你看那些人追求荣耀，为了

取悦他人，耗费自己的钱财。

(1627)

狗喜爱啃啮骨头，尽管无肉，污秽，
腥臭，长满蛆虫，也觉得美味无穷，
即使见到因陀罗，也投以怀疑目光，
因为卑微者不觉知生活卑微无价值。

(1628)

我什么时候能过上这样的好日子？
在恒河岸边的雪山顶上结跏趺坐，
进入瑜伽禅定，持久不断沉思梵，
鹿儿敢用犄角摩擦我的身体取乐。

(1630)

人体只是精血转化而成，成为死神的
猎物，忧愁的居所，疾病的寄宿处，
而人们缺乏分辨力，沉入无知的海洋，
依然渴求爱欲、女人、儿子和田地。

(1634)

感官是一群骗子，只顾自己享乐，
诱骗渴望快乐的人追求感官对象，
一旦它们达到目的，就漠然离去，
人受命运控制，业债转移到来世。
（1637，陀舍罗特）

杂　诗

心儿啊，不要担忧，不要焦灼不安，
治疗爱神之箭创伤的良药即刻就到，
她呼出的芳香气息引来成排的蜜蜂，
她挥手阻挡，手镯随之发出叮当声。

（1641）

在帝王、智者和美妇面前，
即使口齿伶俐也胆怯心慌。

（1646）

虽然我住家中，依然想念你，
虽然你在远方，依然想念我，
夫妇之间结合并非只是身体，

夫君啊，最可贵是心心相印。

(1648)

占星术家观察天空，计算月份，
测量日影，只不过是操劳手指，
一旦我的心上人出现在我面前，
那就是我的幸运之夜和吉祥日。

(1649)

天底下找不到让所有人都满意的办法，
每个人必须自己谋福，何必多说废话？

(1658)

以为所有人已知情，她故意转过脸去，
看见两人窃窃私语，猜想是在议论她，
女友们朝着她微笑，她顿时手足无措，
我的情人有这份心事，终日惴惴不安。

(1665)

凡是做什么事，无论好坏，
智者必定会事先考虑后果，

若是鲁莽行事，造成恶果，
就会像利箭终生扎在心头。

(1666)

爱人即使做了不可爱的事，依然是爱人，
哪怕火烧毁了家产，也不会从此抛弃火。

(1670)

金星只有一只眼睛，土星是跛子，
罗睺没有身躯，而月亮经常亏缺，
这些人不知道祸福是自己的业报，
总是埋怨天上的星宿与他们作对。

(1671)

珍珠本应镶在金器上，
如果它被镶在锡器上，
固然不会哭泣和脱逃，
然而这是金匠的耻辱。

(1672)

我们敬拜天神，天神也受命运主宰，

我们敬拜命运，命运只是赐予业果，
如果果报取决于行为，又何必敬拜
天神和命运？我们还是敬拜善行吧！

(1673)

与他争吵，有损名誉，
与他交好，有损品德，
智者权衡两者的利弊，
不要理他，视同陌人。

(1674)

水池溢满泛滥，
可以开渠引流，
心中悲痛郁结，
可以哀号纾解。

(1684)

眼睛总是往下看，
感觉富足而快乐，
眼睛总是朝上看，
感觉穷困而痛苦。

(1687)

诗　人

在这世上，有谁不喜爱
　　迦梨陀娑[①]？我们也崇拜
苏般度[②]，也喜欢波你尼[③]，
　　诃利旃陀罗[④]也迷住人心，
圣勇[⑤]的语言纯洁无瑕，
　　婆罗维[⑥]的语言天然优美，

---

① 迦梨陀娑（kālidāsa，约 4—5 世纪）是梵语诗人和戏剧家，著有抒情诗集《六季杂咏》、抒情长诗《云使》、叙事诗《鸠摩罗出世》和《罗怙世系》、戏剧《沙恭达罗》、《优哩婆湿》和《摩罗维迦和火友王》。

② 苏般度（subandhu）著有梵语小说《仙赐传》。

③ 波你尼（pāṇini，公元前 4 世纪）是梵语语法学家和诗人。

④ 诃利旃陀罗（haricandra，约 10 世纪）是耆那教作家，著有韵散杂糅的叙事作品《持命复仇记》。

⑤ 圣勇（śūra，约 3—4 世纪）是佛教作家，著有韵散杂糅的叙事作品《本生鬘》。

⑥ 婆罗维（bhāravi，约 5—6 世纪）著有梵语叙事诗《野人和阿周那》。

即使如此，薄婆菩提[1]仍然
　　激起我们内心微妙的喜悦。
　　　　　　　　　　(1698)

如果你的耳朵想饮用琼浆玉液，或者
你想掌握语言精华，通晓学问，抵达
情味之河彼岸，品尝生命之树的甜果，
那么，你就聆听王顶[2]流淌蜜汁的妙语。
　　　　　　　　　　(1700，商羯罗婆尔曼)

牟罗利[3]赞颂罗摩家族，语言优美而深邃，
具有蚁垤仙人[4]语言甘露池水闪耀的光辉。
　　　　　　　　　　(1702，牟罗利)

你的用词无不见于人间的语言之路，
内含的词义也无不符合世人的思路，

---

① 薄婆菩提(bhavabhūti，7—8 世纪)是梵语戏剧家，著有戏剧《茉莉和青春》《大雄传》和《罗摩后传》。

② 王顶(rājaśekhara，约 9—10 世纪)是梵语戏剧家，著有《小罗摩衍那》《小婆罗多》和《雕像》，还著有俗语戏剧《迦布罗曼阇利》和梵语诗学著作《诗探》。

③ 牟罗利(murāri，约 9—10 世纪)著有梵语戏剧《无价的罗摩》。

④ 蚁垤仙人(vālmīki)是史诗《罗摩衍那》的作者。

而有些诗人的音和义结合令人胆寒，
专横独断，简直是折磨我们的智力。

(1708)

《罗怙世系》作者迦梨陀娑，
犹如诗人颈脖上的珍珠项链，
他用思想镰刀收割知识谷田，
而其他的诗人仿佛捡拾谷穗。

(1709)

《仙赐传》抵达耳边，
诗人们的骄傲便消失，
犹如般度之子阿周那
向迦尔纳投出的标枪。①

(1710，波那)

钵罗婆罗犀那②名声
像白莲花那样灿烂，

---

① 阿周那和迦尔纳是《摩诃婆罗多》中的人物。阿周那的标枪是天王因陀罗赐给阿周那的法宝，这里用作比喻苏般度的小说《仙赐传》。karna(迦尔纳)这个人名也意为“耳朵”，是双关语。

② 钵罗婆罗犀那(pravarasena，约5世纪)，著有俗语叙事诗《架桥记》。

传播到了大海彼岸，
犹如猴军架桥渡海。
（1711，波那）

平凡的诗人不计其数，
如同家犬，家家都有，
而富有创造力的诗人，
似八足神兽为数不多。
（1712，波那）

迦梨陀娑是诗人，
我们也都是诗人，
然而两者的差别，
犹如高山和沙粒。
（1713）

音和义结合形成语言甘露，喜悦的
暖流沐浴知音的心，这是真正的诗，
而诗文中最微妙的含义不见于字面，
呈现在我们内在智慧灵动的领悟中。
（1715）

好诗人的语言，尚未理解
其妙处，就已经动听悦耳，
犹如茉莉花环，尚未嗅到
其香气，就已经引人瞩目。

(1718，苏般度)

我长时间沉浸在迦梨陀娑
温柔而深邃的语言之海中。

(1722)

有人擅长编排语言，有人擅长听取，
同时具备这两种才能[①]，则令我们惊异，
众多优秀品质难以集中在一个人身上，
正如有人从矿石炼出金，有人检验金。

(1723，迦梨陀娑)

无人走在前，无人跟在后，我怎么
独自走在这条没有新鲜脚印的路上?
确实，我自愿放弃身边平坦的大道，

① “同时具备这两种才能”指诗人身兼批评家。

走上这前人开辟而如今荒芜的古道。

（1729，达摩吉尔提波陀）

确实有些人刻意贬低我，
深知我的创作不为他们，
然而我的知音必定会出现，
因为大地无垠，时间无限。

（1731，薄婆菩提）

薄婆菩提踏上波那[①]以前走过的路，
此后又出现迦摩罗瑜达和盖舍吒，
语主[②]又让这条路上的尘土变纯洁，
而今它仍敞开着，等待天才诗人。

（1733，瑜伽主）

只要湿婆左边身体显示妻子丰满的胸脯，
只要毗湿奴的双臂搂抱吉祥女神的颈脖，
只要梵天的双手始终伴随诵读吠陀摆动，

① 波那（bāṇa，7 世纪）是梵语小说家，著有传记小说《戒日王传》和传奇小说《迦丹波利》，还著有颂神诗《尊提百咏》。

② 语主（vākpatirāja，或译伐格波提罗阇，8 世纪）是俗语诗人，著有俗语叙事诗《高达伏诛记》。

优秀诗人的美妙诗句就会传入我们耳膜。

（1737）

优秀的诗人全都是化身下凡的天神，
现在已经带着尘世的名声升入天国，
维迪亚迦罗将他们的妙语编成宝库，
但愿它们能成为善人们喉咙的装饰。

（1738）

图书在版编目(CIP)数据

妙语宝库选 /（印）维迪亚迦罗编；黄宝生译. —
上海：中西书局，2019
（梵语文学译丛）
ISBN 978-7-5475-1583-9

Ⅰ.①妙… Ⅱ.①维… ②黄… Ⅲ.①抒情诗—诗集
—印度—古代 Ⅳ.①I351.22

中国版本图书馆 CIP 数据核字(2019)第 083506 号

妙语宝库选

[印度] 维迪亚迦罗 编 黄宝生 译

责任编辑 孙本初
装帧设计 黄 骏

出版发行 上海世纪出版集团
中西書局(www.zxpress.com.cn)
地 址 上海市陕西北路 457 号(邮编 200040)
印 刷 上海天地海设计印刷有限公司
开 本 890×1240 毫米 1/32
印 张 5.5
字 数 85 000
版 次 2019 年 7 月第 1 版 2019 年 7 月第 1 次印刷
书 号 ISBN 978-7-5475-1583-9/ Ⅰ·186
定 价 30.00 元